目　录

U0609755

散文

月刊

1

1980

总1期

编辑、出版

百花文艺出版社
（天津赤峰道124号）

印　刷

天津新华印刷二厂

发　行

天津市邮局

国外总发行

中国国际书店
（北京399信箱）

代　号　6—39
定　价　0.25元

雀儿飞来

丁宁

一

我自小喜爱中国画，中国画中更喜爱花鸟画。我的母亲算得是个民间艺术家，手儿很巧，会画、会剪、会绣。我小时戴的兜兜，没人不赞叹，上面绣着刘海戏金蟾，鲤鱼跳龙门，凤凰穿牡丹，喜鹊登新枝，……各式各样的名画。上小学以后，母亲还在我学生装的前襟上绣一朵花或一只鸟。在我出生的那个古朴的小镇上，每隔五天便赶一次集，集上常有卖画的，到了年关，还专门摆了画摊，摊子上面交叉地扯着绳子，上面搭着五彩缤纷的画，看了使人眼花缭乱。庄稼人也大多是爱画的，只是手里没有钱，日子过得穷，没有那份心思罢了，要是舍得花钱，他们都爱买潍坊的年画。我家的生活也是艰难的，但在过年的时候，母亲还是拿出几角子，叫我买画；我多半是买花鸟画或风景画。现在想起来，那都不是名家之作，可是买回家来张贴在墙上，全家人都喜笑颜开，年也过得格外愉快。也许这就是一种薰陶吧，所以我自小便养成一种爱画之癖，可惜没长母亲那样两只巧手，只爱看却不会画。

后来参加革命工作，爱画之癖并没有因之消失，偶尔还收集一些陈旧的花鸟山水小画片，夹在粗糙的小本本里，或者贴在房东的土炕上。在烽烟遍地的战争年月，这种情调显得和时代有点不太协调，所以我的战友有时指责我："你太小资产了。"

全国解放以后，来到大城市，情况不同了，欣赏画的机会很多，凡是举办国画展览，我是必去看的，故宫，荣宝斋等藏名画的地方，也常找机会去，久久伫立，舍不得离去。但终究不是懂行的鉴赏家，也只是看看而已，从来不曾致力于收藏。有时也感叹，爱了几十年的画，家中仍然四壁空空，连一点"小资产"的艺术气味也没有。

六十年代之初，是令人怀念的岁月。虽然刚刚从三年经济困难中挣脱过来，但经过调整，一切都又迅速好转，人们充满了希望，生活的色调也越来越丰富多彩了。就在那时，我从一个拥挤的小院迁到一幢楼的一小套房间里。那楼的前面，杨树参天，浓荫之中，鸟儿鸣啭；楼的后面是一个著名的乐团所在地，悠扬的琴弦和嘹亮的歌声，不绝于耳。我的两位朋友——老冉和静，夫妇相偕来祝贺我乔迁之喜，他们赞美我的新居和幽雅的环境，又仔细端详室内洁白的墙壁和单调的陈设，神秘地说："给你准备了一件礼物，明日带来。"果然，第二天一大早，他们又来了，迅速打开一个纸盒，现出一个刚裱好的画轴。我在惊喜之中展了开来，它长约六尺，一对活生生的麻雀，欢跃欲出。啊，这是任伯年的水墨画！作者自题，作于光绪壬辰之春。画面简洁，但生气勃勃：一块玲珑的太湖石旁，有几竿稀疏的墨竹摆动在狂风之中，蓬勃的竹叶，如大海中的一群游鱼，似乎带着巨大的声响，在惊涛骇浪中，朝着一个方向急游。上空，两只麻雀，一前一后，逆风飞翔，小小的身姿，勇猛、矫健，活象两架微型的驱逐机，在强劲的气浪中以不同的姿态上下翻滚。饱满的胸脯，高高挺起，柔软的羽毛，旋转飞扬。我仿佛听到他们啁啾的呐喊和激越的歌唱。这幅画，的确显示了大师的高超工力，真可谓笔情纵恣，水墨淋漓，画有尽而意无穷。当我正沉醉在艺术享受之中，我那朋友竟要亲自动手帮我张挂，当然，他们都是艺术家，挂在什么位置，房中的陈设如何与之相陪衬，是不能稍有马虎的。终于，经过一番细细的考察和精心的安排，那画便赫然展现在最醒目的地方。我只觉满屋顿时生辉，一颗陶醉在友情和艺术气氛中的心，随着画上一对飞翔的雀儿，也悠悠地飞翔起来了。

二

好的艺术作品，确实有一种魅力。那画成了我心中的诗，朝朝暮暮，百读不厌。它能引起无限遐想，有时把我带到梦幻的境界，有时又把我引向现实的激流之中，它更常常把我送回遥远的童年——唱着"小麻雀呀，你的母亲哪里去了，……"那种快乐的情景中。当工作忙累，感到疲劳不支，画上那与大自然搏斗的小小雀儿，会悄悄飞进心中，唤醒激情；当心绪不佳的时候，可以从那画里，找到一把开心的钥匙，使暗淡的心境，豁然开朗。

但有谁能料到，好景不长。这幅画进入我的生活那么短暂，很快就被狂风卷走了。

六十年代的最后几年，那些动乱的岁月，是难以忘记的。千千万万人的命运，顷刻间失去了主宰，真理、正义被粗暴地随意践踏在脚下，美好的东西被打上"封资修"的印记，横加摧残。美与丑，善与恶，是与非，一切都被颠倒了。一九六七年的寒冬，一天傍晚，我拖着疲乏的身子，刚推开家门，啊，意料中的灾难终于临门了！家中变了，每个房间都凌乱不堪，书籍杂志抛掷满地，瓷器的碎片飞溅各处，书橱里的文学名著被一扫而光，连朋友赠送的几件小古董，也不翼而飞了。不用说，就知道发生了什么事。那些日子，这种明火执仗的行径，已经成为家常便饭。这时，我心里猛然一动，抬头探视墙壁，那幅画——我心爱的东西，竟还挂在那里，安然无恙，这不是奇迹么！按照"四人帮"的"法律"，这是十恶不赦的

封资修，不立即被没收，也定要划上黑×毁掉。这件东西为什么能够幸免于难，想来也只是一种偶然性。那么，下次命运如何呢？是的，应该设法避开这厄运，把它取下藏起来。正要动手，那小小的雀儿又飞进我的心中，我仿佛听到它扑楞着翅膀在抗议："为什么藏起我？怯懦和我是不相容的，难道我是被珍惜的，不正是敢于抗击险恶的风暴吗？"我缩回手，又把目光移向那画，我感觉获得了力量。

感谢上帝，"不速之客"们没有再来敲击我的家门，但生活也没有再回到原来的轨道，人们还是整日地生活在提心吊胆之中。我一会儿被封为"老保"，一会儿又赐给"三反分子"之称，进牛棚，出牛棚，来来回回好几次，反正自己心里明白，相信自己，便也习以为常了。但苦恼的是和朋友们都失去了联系。他们的命运如何呢？我最挂心的是老冉和静，他们在哪儿呢？他俩都从事文艺工作，并有一定影响，江青是不会放过的。他们身体又都不好，能不能顶得住呢？唉，每日里，牵肠挂肚，长吁短叹。

一天，已是夜晚十点多，全家人正准备熄灯入睡，忽听"啪啪"两下轻轻的敲门声。那时候，大家好象都患了"条件反射症"，一齐紧张起来，屏息谛听。"啪啪"，又是轻轻的两下。"是好人！"——我的孩子作出了判断，并立即去打开门。只见一个陌生的男青年闪了进来，鸭舌帽低低地压住前额，几乎遮去半个脸，一进门就递过一封信。灯光之下，只瞥了一眼，便认出那笔迹是老冉的！这位神秘的来客，好象是个哑剧演员，只点点头，笑了笑，便匆匆离去。到底是好人还是坏人？来不及多想，还是看信要紧。不知怎么，我的心跳得厉害，手也有点发抖，好容易启封展开信纸，只见草草数行：

> 我的朋友：我和静送给你那幅任伯年的画，如果还在，务必叫孩子送到我所在的单位，交给革命造反组织。你的朋友老冉

这封没头没脑的信，把我打入五里雾中了。我不明白，为什么要把那幅画送给他们的什么组织？老冉藏画很多，为什么偏要来

追这幅画？我越想越弄不通。那夜，辗转反侧，不能成寐。天将黎明，打了个朦胧，刚合上眼，便进入梦境：老冉被捆吊起，下面有熊熊烈火，燃烧着的是一批名画。老冉，我的朋友，血肉模糊……见此情景，我恐怖地大叫，随即醒转过来，心情极坏。起床后，立即取下那画，一面流泪，一面仔细包装，并向家人宣布，决定把画送去。对我采取的突然举动，家人都沉默不语，只是每个人的脸上明显地流露出激动和忧伤。自然，他们不是单单为了失去一件艺术品啊！

从此，那画如石沉大海，而老冉夫妇的吉凶，也音信杳无。愁闷的日子，也常有蹊跷事。一天，晚间独自回家，推开门，脚下有件东西，低头一看，是封信，拾起来展开，没有署名，只寥寥几行字：

> 冉被隔离一地，身体尚健康，他坚持真理，问心无愧，党和人民了解他。

这位匿名者是谁？令人纳闷。可是静在何处呢？信上为什么没有提及她？稍感欣慰的同时，又增加了一层心事。

历史并没有因为自己遇到的痛苦挫折而停止脚步，在混沌中又过了三个年头。一九七〇年的深秋，我被"发配"到外省的一个荒凉的盐碱滩上，那里好象与世隔绝，亲人、朋友天各一方，只能以"故人入我梦，明我长相忆"来安慰自己了。有一天清晨，刚披衣起床，邮递员便送来一封厚厚的挂号信，寄信地址是南方某地一个五七干校。还没有接到手里，我就惊叫起来："这是静的信哪！但愿不是一个梦。"激动使我几乎手忙脚乱，我强制自己平静了一分钟，然后拆阅。信长达几十页，足足用了半个钟头才读完，虽然写法隐晦，意思却明明白白。使我难过的是老冉被打成了"现行反革命"，失去自由已达四年之久！而最为离奇的是，他的主要"罪状"之一，就是因为送给我的那幅画。老冉是美术研究家，他曾在很久以前为那画写过研究和赞美的文章，这就犯下了弥天大罪，说他的要害问题，是颂扬麻雀逆风而飞，因而是"鼓吹反党反社会主义"，"向无产阶级专政挑战。"真是"文章憎命

达，魑魅喜人过"，欲加之罪，何患无词！但是正直的老冉，并没有在淫威之下低头屈服，他嘲笑这种愚蠢与无知，拒绝给他们回答问题，这就更触犯了"天条"，罪上加罪，成了"死不改悔的反动学术权威"，以致"永远不得翻身"。静写到这里，对自己的老伴不无骄傲地说："此人平日憨厚老诚，看来大事不糊涂啊！"自然，静是难免株连的，受尽折磨之后，总算得到"解放"，被整到了"五七"干校。这是一封控诉书，洁白的信纸，字里行间，斑斑点点，她是和着血泪写的！信的末尾，静又提到那画，说："想来，你那可爱的雀儿是不会飞回来了，但应相信，总有一天，冉和我会还给你更好更美的画。"但我却想，只要人长久，革命精神在，一切失去的美好东西都会回来，我那勇敢的雀儿也会回来的。

三

以后，我和静虽仍天南海北，却有一条友谊的线，穿过山山水水，联系着我们，一直没有中断。我在寂寞的盐碱滩上，最大的乐事是阅读远方朋友的来信。静在信中以两句诗表述情怀："天路隔无期，尺素值万金"。每隔几天，我们就互通一封信，多少悲欢哀乐、喜笑怒骂，尽藏字里行间，只有真正的知己，才能领会那些奇妙的语言。

四年的时光，又默默地打发过去了。一九七五年的七、八、九月，漫漫的夜空，突然现出一线光亮。邓小平同志受命主持中央工作，江青的诟骂之声也沉寂了下来。此时，静的兴奋跃然纸上，她说："我感到严寒似乎正在消退，一股暖流在大地上扩展开来。你那雀儿会乘着春风飞回来的。"

可是过了些时日，天空竟又暗淡下来，静的敏感又反映到信上，说："看了一出《兄妹开荒》，那表演的丑恶，把心情完全败坏了。看来你的雀儿是没有希望了！"什么《兄妹开荒》？哦，不须费猜就明白了：原来那个许久未在报纸上露面的江青，在学大寨会议上"放屁"之后，又突然"露峥嵘"，报纸登出她精心装扮的头上包着羊肚子毛巾、手里拿着铁锨的照片。无怪乎我的

朋友忧伤地说："又添一缕新愁。"她的信好比晴雨表，而我那希望中的雀儿，则总是随着晴雨表的水银柱的升降，飞来飞去。

尽管天空忽晴忽雨，有时甚至冰刀霜剑，但第一枝报春花终于开放了。在这样的气候下，静由干校返回北京，她竟不曾料到，几乎在同一时间，老冉被放回家治病。八年离别，沧海桑田，"鬓发各已霜"矣！静当天就给我寄出挂号信，描绘他们全家团聚，悲喜交集的动人情景。我在给他们的祝贺信中，专门加了两句："老冉回来了，我的雀儿飞回的时间还会远么？"

几天之后，静又有信来，她的晴雨表上的水银柱又升高了。开始先有两句诗："天空晴朗了，雀儿也该飞回来了。"她告诉我一个令人振奋的消息，老冉所在单位某个好心的领导人，通知老冉去认领被没收的画。

又隔了几天，静来信专门叙述她陪同老伴去找画的情形。他们被领到一间阴暗的散发霉味的大房间，那里的景象把他们惊呆了：肮脏的地板上，弃置的名画，堆积如山，长期无人理睬，蒙着厚厚的灰尘，有的已发霉变色，有的被涂抹撕破。在那被看作"粪土"不如的画堆中，有多少无价之宝呵！他们一面叹息，一面小心翼翼地展开每一个画幅，石涛的山水，唐伯虎的兰竹，郑板桥的竹石，吴昌硕的梅花，还有齐白石的紫罗兰和徐悲鸿的马，……都象废纸和垃圾一样，埋没在尘土里。把自己的一生献给艺术事业的老冉，不由得老泪纵横，仰天长叹："罪过啊，毁灭艺术的刽子手！"他们在那间阴暗的房子里，足足呆了两天，翻看着，整理着，拿出自己的小本，把一些名画仔细记下，不管它们原来属于谁，都是人民的财富，得设法把它们抢救出来啊！他们忘了疲劳，眼睛花了，腰也直不起来了，但是他们感到欣慰，做了一件极有意义的事情。可老冉自己的画呢？那几十幅被没收的名作，可怜，只找到了两幅。而我那雀儿，静的信上这样写着："朋友，我不得不告诉你，它是无影无踪了！虽然我们看到了四幅任伯年的画，其中一幅也是麻雀墨竹，但不幸，那是四只麻雀。"

读罢这封长信，我深深地叹息，我的朋友，你们是多么善良、纯洁啊！我的雀儿是不会回来了，但是，我的朋友和我们的友谊，不是长在么，那不是最值得珍贵的无价之宝么！

四

难忘的一九七六年十月，人类邪恶的象征——"四人帮"垮台了！这一场持续十年之久的革命与反革命的大搏斗，终于以中国人民取得伟大胜利而告结束。

这一年冬天，我回到北京，不久便恢复了工作。翌年，当春光明媚的时候，我迁到了一个新的住处。我的朋友老冉和静，又相偕前来祝贺我乔迁之喜。他们端详着那洁白的墙壁，又神秘地说："给你准备了一件礼物，明日才能带来。"什么礼物呢？他们还是老脾气，不愿我马上知道。果然，第二天他们又来了，还带来一个陌生人。静笑眯眯地从一个精致的手提袋里，拿出了礼物，呀，又是一个画轴！于是我在惊喜中迅速展开来。是怎么回事？我愣住了，不相信自己的眼睛，却又随即大喊一声："我的雀儿飞回来了！"

"是的，它是你的。"老冉沉着而满意地说。同时，他把那陌生人拉到我面前："你可认识他？"我看了看，一个约摸三、四十岁的男同志，我摇了摇头。那陌生人满面笑容地说："还记得八年前的一个夜晚，有个青年给你送过一封老冉同志的信吗？后来，又在一个夜晚，在你的房间出现了一封匿名信，有这事儿吗？"啊，一切都明白了，"那是你呀，看，还戴着鸭舌帽呢！"

静说："给你找回雀儿来的，也是他！"

于是大家在激动之中坐了下来，叙说着一个长长的故事。原来，在一九六七年冬，趁着混乱，老冉的一批画被劫走了，其中的一幅任伯年的麻雀画，翻江过海，流落到浙江，又经过若干曲折，展转栖落在一个青年美术家的家里，那美术家虽然极其喜爱这幅画，但他坚持一个信念：绝不把别人的东西攫为己有。他等待着雀儿飞回自己的主人那里。事情也真凑巧，戴鸭舌帽的同志后来调到浙江工作，他同那位藏画的同志都是老

溪 滩

郭 风

我记不清楚了。什么时候，我曾到这一片溪滩上来？什么时候，在我的心中曾留下如许印象：这一片溪滩上只看到卵石和沙砾，没有看到一棵车前草，一丛雏菊。

（什么时候，这一片溪滩曾给我留下一点荒凉的印象呢？）

呵，这夏天的清晨，我偶然到这一片溪滩上来。我走过村前的石桥，走下溪岸的石级，随意走到这一片溪滩上来。没有想到，我看到卵石和卵石中间开放许多石蒜花。这夏天的花朵有多么好看。一朵一朵的石蒜花，好象一盏一盏有生命的小红灯，点亮在溪滩上，平凡而又明丽、新鲜。

（我的确喜欢在野外开放的花朵。他们的确给我以美好的感受。这在我的精神生活中是需要的——）

我回到村中时，心中还赞叹不已，感到欣慰。而一会儿，却不知怎的，忽地心中又有点惆怅了，有点失悔了；我的心中产生出个无端的想法，以为印象之生于我的心间，常常是由来于一些不完全的感受，常常是一种对于物象之轻率的、不经深入观察的、不经意的判断，这是有害的。

冉的学生。当他们谈到老师的遭遇时，自然也就谈到了老师藏画的厄运，那青年画家也谈到了他所保存的任伯年的"麻雀"。他们都非常兴奋，雀儿终于要飞回到它的主人那里了。戴鸭舌帽的同志这次来京开会，便把这画带上，一下火车，就直奔老师家里。……

故事讲完了，好象在听一支演奏中的感人的乐曲，曲已终，但人们却还没有立刻从沉醉中醒过来。过了一会儿，我又轻轻展开那画，深情地望着它。突然，我的手颤抖起来，悲伤而无力地说："这，这不是我的！"

"什么？这不可能！"老冉和静都不相信。

"这两个字就说明一切。"我指着画上任伯年自题"光绪"下面的"辛卯"两字。

"哦！"老冉恍然大悟了。他以前确有两幅任伯年的构图相同的麻雀画，但却不是作于同年。"那么我送你的那幅该是光绪壬辰年之作。"我点点头。又仔细端详这两只麻雀，姿态、羽毛，和我原来的那幅，也不尽相同。

这时，静抱着我的双肩，热情地说："朋友，这是我们送给你的新的礼物。多么值得高兴，你所喜欢的雀儿，毕竟飞回来了！"接着，诗情又在冲击着她，她轻声吟着：

> 它身躯是那么娇小，
> 羽毛是那么柔嫩，
> 却怎能想象
> 排云搏浪又飞来！

憨直的老冉没等听完就乐呵呵地指着我说："你原来的雀儿，也会飞回来的。"

静接着：

> 是的，它们在飞着，
> 飞向永恒。……

这时，我仿佛忘记了朋友们在座，陷入了深深的沉思。

题图：李芳芳

怀 抱

韩 少 华

长安街的华灯亮了。剧院前的小广场，渐渐静了下来。只有那些等着买退票的人，迎着三两个匆匆赶来的观众，轻声询问着什么……

守在前厅门口的那位女检票员知道，自从这个剧目上演以来，门前的气氛就与往常不同了。观众几乎没有迟到的，就连彼此打个招呼，也都严肃了许多——好象这里并不是剧场，而是一座纪念馆似的。

这不，铃声才响，场内就座无虚席了。

女检票员拂了拂花白的鬓发，一边整理着前厅，一边又习惯地朝外面望了望，却见那橱窗前还站着个中年男子。看情形，不象等人，也不象等票——瞧，怀里还抱着个小孩儿呢。唔，也许人家只是路过，随便看看剧照吧……

女检票员把前厅的大门，轻轻掩上。

戏，正在进行。台上的对白，台下的赞美和感叹隐约透过丝绒门帷，轻轻回荡在前厅里。

随着一阵海涛似的掌声，演出休息了。只见一位妇女，从场内走来，略带歉意，向女检票员要了张副券，连忙出了剧场大门。

"妈妈！"广场上蹒跚着来了个小孩儿，扑进这妇女怀里，又回头喊着，"爸，来——"

应声过来的，就是橱窗边那个男子。他从妻子手中接过点什么，又嘱咐几句，就往剧场门口走来；向女检票员笑笑，交了副券，又不经意地扶扶身边的相机，进了前厅……

后半场戏开演了。女检票员一抬眼——怎么，那母子俩还没走？孩子在妈妈怀里睡了吧？入秋了，也不怕孩子受夜寒？……等到把那母子俩招呼到前厅里，安排在休息室这张长椅上，才看清——哟，这孩子，多俊！

"真是的，"女检票员埋怨着，"俩人一张票就够难为的了，还抱着孩子来……"

做母亲的听了这话，便含笑说：

"其实，就是为了孩子……"

"为孩子？"女检票员不解地望着她。

她沉默片刻，象从记忆中理出些头绪，才叙说着，把面前这位大姐引到往事中去……

那是近四年以前，一九七四年十二月。她所在的专机机组接到中央一项任务。从驾驶员，到她们每个服务员，都交换着兴奋的目光，做着准备。是啊，思念，忧虑，就要消散了。她心里默念着：总理，又要见到您了……

这一天，周总理来到机场。跟往常一样，总理一见大家就握手，问好；有的同志前来问候，总理笑着说："一年没有坐飞机了，八个月躺在医院；现在好些了。"

听着总理的话，她也笑了，可她分明看见总理更瘦了，面部寿斑更多了，步履也很艰难……啊，总理这是身带重病在坚持工作！当她把一杯清茶送进座舱，又分明看见总理接过的茶杯里，那水面却微微颤动着，漾起一层细细的水纹……她强忍住就要滚出的泪，低下了头。

总理望望她，只示意让她坐；然后，饮了口茶，才缓缓地问道：

"你爱人好吗？还在新华社搞摄影？"

"嗯……"她，只能这么轻轻地应一声了。

总理点点头，想了想，又问：

"你们结婚大概八九年了吧？"

"嗯……"她还是只能这样应一声。

"好久没见你们两个了，"总理抚摸着

7

茶杯，又笑着问，"有娃娃了吧？"

"没，还没有……"

总理的双眉微皱了一下，说：

"应该有了，应该了。"

"没有倒更好一点儿。"

"噢？为什么？"总理的眉锋微微耸动着，目光柔和而又敏锐，笑着等待回答。

"因为，因为工作起来没负担……"

"负担？"总理爽朗地笑了，随着把杯子放下，略显严肃地，说道，"当然，生育要有计划；但是，养育后代，这首先是一种责任，一种对人类、对未来的责任嘛……"

听着总理的话，她刚要说些什么，见秘书同志把一叠文件轻轻放在了桌上，知道总理又要工作了，就退了出来；泪，却再也忍不住了……

四天以后，她又随着机组送总理回京。专机降落的时候，北京已是万家灯火了。

临下舷梯，她见总理跟以往一样，边向大家道谢，边跟全机组的同志一一握别；还说，"下次，我还要坐你们的飞机"。当总理同她握手的时候，她又几乎连话也说不出了，却分明听见总理那安详而亲切的话音："不要忘了，将来有机会让我抱抱你们的娃娃，再请你那位摄影师同志，给我们一老一小拍张合影嗷……"

她连连点头，目送着总理走了；又急忙回到座舱，把台灯、茶杯都细细地收好，等总理下次外出，好再用……

回京第三天，有人招呼她去接电话。

听筒里传来带着南国乡音的语声——唔，是位年长的女同志；对方询问了几句，就通知她：次日下午，到妇产医院就诊。她，又只能"嗯嗯"地应着，竟忘了问问人家的姓名。

就象她刚挂上听筒就猜测的那样，次日下午接待她的，正是那位享有盛名的妇产科专家；也象她所料想的那样，专家一见面，就握着她的手，轻声说："是总理打来了电话……"

残冬过后，春去夏来。一个晴朗的早晨，老专家终于把喜讯告诉了她。她听着，听着，眼睛里的笑意和泪光，融在一起了……

可她，没有想到，万万没有想到，还没来得及把这喜讯告诉总理，她就呆立在哀乐声中。

她怎能忘记，怎能忘记那个严寒的日子，总理遗体的火化日。她知道，那些比冰雪还令人心寒的禁令在接连下达着。那么，去长安街，送总理的灵车，就不只是尽一份为亲人送终的心意了——这不，长安街两旁，早已站满了人；白花，青纱，一眼望不到头……

严寒中，她守在一棵松树下，等着，等着；跟人们一起，紧闭着嘴唇，一动不动，等待着那个让人盼望、又令人心碎的时刻。

那时刻终于来了。灵车，载着总理遗体的灵车，终于到了她面前。她却哭不出，也喊不出；只觉得从躯体内猛地一震，震动了五脏六腑——她明白了，这是孩子，没有出世的孩子，在母体中躁动了……啊，好孩子，你也来了，你也哭着，喊着，跺着脚，送周爷爷来了……

热泪，从她的胸怀深处涌了上来，仿佛含着双重的悲恸，双倍的热与力！

她又怎能忘记，一九七六年，从一月到四月，那铅一样的日子，铅一样的心情；怎能忘记清明节前夕的那个不眠之夜，她帮着丈夫把窗帘拉严，又给他做冲晒、洗印的助手。啊，那一幅幅来自天安门广场的悲壮图景，那花山，诗海，人潮，展现她眼前了。

清明节上午，她在阵痛中被送进医院。望着丈夫那不安而又抱歉的神色，她笑着摸摸那架摄影机，低声说："去吧，趁外边光线正好……"

丈夫点点头，又迟疑片刻，就摘下胸前的小白花，说了声"留给孩子"，出去了。

黄昏，老专家亲临产房。孩子顺利落生。母子平安。可孩子的父亲却一去没有音讯……

临出院，她一手抱着孩子，一手拿起那朵小白花，端详一阵，轻轻戴在孩子胸前，戴在那颗小小的心脏跳动的地方……她，猛地抬起头，望着那悠远的天边，心中默念着：

"总理，您想有一天能抱抱这孩子；如今，他就在我怀里，可让我给您往哪儿送啊……"

门外，等待这母子的，是逼人的春寒……

忽然间，场内一阵狂涛般的掌声，把女检票员从往事中引了回来，也似乎提醒了孩子的母亲，催着她抱起孩子，连忙问道："噢，大姐，您看我能不能到后台去一下……"

"去吧，"好象什么都明白了，又乐于使用一下自己的职权似的，女检票员跑去拉开那边一扇小门，说，"从这儿进去……"

母亲抱着甜睡着的孩子，来到了后台。

台口，那丝绒大幕在掌声中闭上，又拉开；拉开，又闭上了。就在这时候，一个多么熟悉的身影，出现在眼前。啊，只要一见那两道浓眉，那微曲着的右臂，谁的心里能不……

母亲抱着孩子，楞住了，楞住了——

"周爷爷！"不知怎的，孩子醒了；这奶声奶气的呼唤，惊动了后台的人们。瞧，一个小孩儿，挣脱妈妈的怀抱，摇着两只小手儿，向"周爷爷"扑了过去。

"周爷爷"凝了凝神，笑了；立刻伸出双手，俯下身子，把孩子抱起来，搂在怀里……

啊，大幕，在不息的掌声中又拉开了。灯光也同时集中到台心。从台口向场内望去——观众没有一个离席的，都肃立着鼓掌，鼓掌。

怎么？随着大幕又一次拉开，"总理"怀中怎么抱着个小孩儿？可一霎时，人们只因又见到了自己的"总理"、自己的亲人而欣慰，不仅没有多想这个剧情之外的孩子有什么来历，反而觉得这即兴式的场景，本来就在情理之中似的。这不，场内又掀起了一阵激情的狂涛。

在这汹涌的欢乐中，也许是眼前梦一般美好的情景在这颗小小的心灵里变成"真的"了吧，孩子竟一点儿也不害怕，只顾搂着"周爷爷"，一撅小嘴儿，笑着把脸蛋儿紧紧贴在那温暖、宽阔的怀抱中。

而就在这一瞬间，那位摄影师出现在台口，举起相机，拍下了这梦一样的镜头。

这时候，那位鬓发斑白的女检票员，正肃立在演出大厅的一角，望着一片光辉中的"总理"，望着"总理"怀抱中的孩子，觉得周围是这样和暖，这样温存，仿佛人们都跟那个幸福的孩子一起，紧靠在一个巨大的怀抱里，倾听着一颗永不停息的心脏，在跳动，跳动……

乌鸦报喜

陈乃祥

一个冬天的早晨，农夫的妻子到小河边去提水，被野狼扑倒了。

蹲在树丫上休息的乌鸦，看见了野狼的行凶情景，立即飞到农夫家门口去报丧。

乌鸦停在农夫门口的大树上，"呱——呱——"地叫着说："农夫农夫，我给你报个信，你的妻子被野狼吃……！"

农夫见乌鸦满身黑乎乎的，象穿了丧服似的，声音又难听，便气嘟嘟地骂道："你这个黑货，我一看你这个样子，便认定你是个骗子。"说罢拈弓搭箭向乌鸦射去。

乌鸦挨了一箭，心里很苦恼。它暗暗想道：我好心好意地向他报个实信，为啥要射我呢？——噢，明白了，因为我报的是不祥之事，人家不爱听。下次我报个喜信去，他就不会讨厌我了。

不久，乌鸦发现山上有一棵灵芝草，又赶紧飞到农夫家门口，蹲在大树上"呱——呱——"地叫着说："农夫农夫，我来报个喜，山上有棵灵芝草，你去采吧！"农夫一看，又是上次报丧的那只乌鸦，更大声地骂道："呔，你这个黑货！你上哪个门哪个就倒楣。上次要不是你来呱呱，我老婆还不会叫狼吃了呢！你还能报什么喜讯儿！"说着，搭起弓猛射一箭，又把乌鸦射伤了。

寓　言

花蜜与蜂刺

（外一章）

秦 牧

蜜蜂，这美妙神奇的小昆虫给人赞美得够多了。

当我们看到繁花似锦的时候，会想到它。尝到黄澄澄、香喷喷的蜜糖的时候，会想到它。有时，就是看到出色的劳动者博采众人之长，进行卓越的创造的时候，也禁不住想到它。

为了采一公斤的蜜，蜜蜂在一百万朵的鲜花上面，辛勤地飞行、酿造。而酿成的高度浓缩的蜜糖呢，不论荞麦蜜、椴花蜜、槐花蜜、橙花蜜、枣花蜜、荔枝蜜、龙眼蜜以至其他什么的，颜色又都是那么鲜艳，甜味那么浓烈，可以保存得那么长久，这样的事情实在是很美妙的。世界上如果没有蜜蜂，地球也将为之减色。这小小的采蜜使者，它的活动方式使人想到劳动创造，也想到艺术和哲理。

可是，人们赞美蜜蜂，总是着眼于它所酿造的蜜糖，而很少去赞美它的刺。实际上，如果蜜蜂光会酿蜜而不具备战斗本领的话，蜜蜂的命运恐怕就相当糟糕了。我看过一个童话剧，表现的是黑熊在森林里偷蜜，被蜜蜂蜇得狼狈奔逃的故事。在森林里，会偷蜜的动物大概不只黑熊一种。但黑熊偷蜜是很著名的，好些伐木工人都讲这样的故事。如果蜜蜂失去了它的刺，那它在被人类收进蜂房养殖以前，遭遇大概就相当不幸，也不可能象现在这样大量地繁殖了。

蜂刺和蜂蜜，实际上都同样值得赞美。

一根蜂刺，究竟有多大的威力呢？

如果单独看，它最多只能使人的皮肤肿起一个小小的疙瘩，但是累百累千的蜂，它们集体的针刺威力可就相当惊人了。凡给蜂蜇过的人都知道，蜂在攻击动物时那种英勇搏斗、视死如归的精神，简直令人赞叹。我有一次给几只蜂蜇过，虽然感到奇痛，但看到失去蜂刺以后，坠地挣扎死亡的伤蜂死蜂，心里却莫名其妙地涌起一种钦佩的感情。

这些年来，中国的养蜂事业很发达，常见到一些外省的人，带着一车一车的蜂箱，象草原牧民"逐水草而居"那样，"逐花蜜而居"。特别是浙江省的养蜂人，"追蜜"的足迹几乎遍及南北各省。在火车站里，或者在什么正当原野繁花盛开的农村，我有时和这些养蜂人聊天，他们告诉我的事情常常使我异常惊异。有一个浙江养蜂人说，他曾经亲眼看过：当一匹马碰倒一个蜂箱的时候，整群蜂的威力，竟然把那匹马活活蜇死。

能够蜇死一匹马的蜂群，也能够把一个人蜇死，那是用不着多说的。在国外和国内，都发生过这种事情。

大凡，一个人如果有什么奇特的经历，就总想把它告诉人们。我接到的读者来信中，有一些就是陈述他们的奇特经历的。江西有一个采药人写过一封信给我，说在江西的山区丘陵地带，有一种土蜂，把巢穴筑在地下。飞行时发出强烈的嗡嗡声，象轰炸机似的。有一次他和同伴上山采药，一路挖着"黄精"。秋末冬初，正是挖黄精的好时节，他们越挖越多。不料一不小心，竟碰到了土蜂的巢穴。土蜂轰的一声飞了起来，他的同伴才被蜇了一下，立刻仆倒在地，他自己也给蜇了一下，立刻感到眼睛发黑，嘴巴发麻。这个采药人素来知道这种土蜂的厉害，当地的山民传说，被它围蜇的人伤重的可以致死。他立刻抛弃药篮，拔足狂奔。但走了一段路，又觉得那满满一篮黄精，舍弃未免可惜，就折了一条树枝，当做武器护卫着自己，再走回蜂穴附近，想取回药篮。谁知穴口两只守卫蜂，立刻向他袭来，他的大腿和下颌，又都给螫了一下，嘴巴马上歪了，只好又跑步折回。抵家之后，脸部、手部、腿部，都肿得吓人，用草药医疗后，好几天才逐渐消肿。五天之后，这个采药人和他被救起的同伴为了报复，又约了好几个人，穿上雨衣胶鞋，带了松脂、汽油、手电筒、袋子、锄头等等东西，到达蜂穴附近的时候，看到那篮药材仍然好好地摆在地上。他们采集树枝，趁天黑把它堆放在蜂穴口，然后洒上汽油焚烧。在烟熏火焚之下，蜂群终于丧失了战斗力。人们开始挖那个洞，洞口只有十公分左右，但是里面的宽度和深度居然都约莫有一米。土蜂的巢象宝塔似的一层迭着一层。累百上千的土蜂，经过烟熏，失去了飞翔的能力，但仍然发出嘤嘤的声音，密密麻麻地在巢上乱跑。这个采药人的信中说，这时他心中竟忘却了对它们的痛恨，不由得赞美起它们巢穴的精美和筑巢的本领来了。

这种土蜂，广东也有，山区的人们把它叫做"地雷蜂"，山民们提起它，也是谈虎色变的。

野蜂的威力比起人类饲养的蜂来，是要大得多了。试想，普通的蜜蜂集体的力量尚且可以把一匹马螫死，更何况大群的野蜂呢！有一次我在海南岛吊萝山的原始林区里访问，突然听到一阵闷雷般的声音，忙问旁人："这是什么？"当地的人们指着天空道："你看，一群野蜂正在搬家。"我抬头一看，果然看到一阵云雾似的东西从天空掠过，威武的野蜂，成群飞行时的气概，也给人留下了很深的印象。

千百代的人们，对蜜蜂的赞美常常集中在它能酿造蜜糖这件事上面；我想，这是不大公允的。我们赞美它的蜜，也得赞美它的刺。试想，没有刺的蜜蜂，它们的命运将会变成怎么一个样子！

刺和蜜这两样东西都有，蜜蜂才成其为蜜蜂！

蜜蜂，使我想起既能辛勤劳动，必要时又能挺身战斗的人，这样的人既是善良的，又是英勇的。他们不是喝血者，不是寄生虫，不是强盗，也不是懦夫；他们是真正的人，大写的人。

在蜜蜂的集体的宫殿之前，我要追随在千百代的人们之后，再给它们献上这么一篇颂词，一顶桂冠。

脚底下的珍宝

"不懂就是草，懂了变成宝。"这是山区采药人常讲的一句话。

这话，饱含着生活的哲理。

我认识一位朋友，他二十多年前搬进广州郊区一座附有花园的住宅时，见到园里有一株果树，结着许多他所不认识的果子，坚硬异常，剖开来尝一尝，又苦又涩。每年，果子落满了一地，他觉得这毫无用处，就把它们扫成一堆，架上燃料，放一把火焚烧了。年年都这么干，渐渐觉得：这棵树是生活里的一个累赘。

不久，有一个海外归来的美洲华侨拜访了他，看见那株树，再三端详，惊喜道："这就是美洲的'鳄梨'呵！别名叫做'牛油果'。它成熟以后，还是十分坚硬；但是，把它贮藏一段时间，就会渐渐变软。这时候，把它剖开，舀一大汤匙的白糖和果肉搅拌在一起，吃起来味道可真好！就象奶油一样。因此，它的别名就叫做牛油果。这树没有结过果子么？"

"结过，但是果子坚硬异常，我以为是吃不得的野果，每年一堆堆地烧掉，现在树老了，不结果了。"

那个美洲归侨听了，不禁惋惜不置。

后来，这位朋友到海南岛去，有机会吃到鳄梨，果子甘美芬芳的味道使他大为赞赏，想起从前一堆堆把果子烧掉的情景，他的心情的懊恼，我们是可以想见的。

和这样的事情相仿佛的故事，世上难道出现得少吗？就是我们各人自己，难道一生碰得少吗！

我想起了关于南美洲亚马孙河的故事。亚马孙河因为流量极大，在它的入海处，把几平方公里海域的咸水都基本变成了淡水。传说，一次，有条淡水用尽的船舶驶到那里，船上的人们正为干渴所苦，他们打旗语要求附近的船舶接济他们一点淡水。邻船把旗语打过来了："淡水就在你们脚下！"食水用尽的船舶上的乘客，起初不能置信，以为邻船见危不救，故意作弄；等到不得已汲起"海水"一试时，才发现这个海域的水果然是淡的，完全可供食用。一点儿也不假："淡水就在脚下！"

和这个故事可以互相媲美的，是我国一些著名的煤矿，例如大同等地，在矿藏发现以前，居民常为燃料操心。等到发现煤矿，而且那些矿藏在好些地方还十分靠近地面，有些人家，甚至在后院里，从地面上挖一个大洞，纵深发掘下去，也可以掘到煤炭。在这种环境里，又出现了"煤炭就在脚下"的美谈了。

你见过这么一些人物吗？在他们未曾充分发挥他们的才干以前，看样子也不过是一个个平凡的人罢了。然而当他们把蕴藏在身心之中，不但他人一般并不知道，就是连他们自己起初也未必了然的能力，一旦发挥出来，却能创造出异常光辉的业绩。这些年我在国内各处东跑西跑，就见过不少这一类人

物。旧时代一般的乞丐、卖唱者、流浪汉、厨子，成为新时代的将军、地委书记、体育教练、艺术家、教授的，所在多有。这情形使人想起珍珠，藏在贝壳之内，谁也看不到它的光华，剖贝得珠，在阳光之下，它就光彩四射了。

一个国家如果遭受反动势力的压迫摧残，被腐朽的东西束缚住手脚，把珍贵的东西随意丢弃，这个国家就贫困和落后了。相反的。如果做到人尽其才，物尽其用，这个国家就发达了。同样的道理，一个人如果被什么恶劣势力或者错误观念束缚住手脚，珍贵的潜力，丝毫没有发挥，他只能是一个普普通通的人罢了，但是一旦挣脱枷锁，发挥潜力，他又一变而为一个卓越的人物了。

这样的事情在历史上固然出现过不少，在崭新的时代，尤其出现得多。

"淡水就在脚下！""煤炭就在脚下！""美果就在脚下！"认识"远在天边，近在眼前"的人的价值，也认识自己身上存在的潜力。这样的"勘探队员"，无数的人都可以做。但是，有许多人可以做而没有做。珍贵的宝藏，有时就在我们脚底下，它真真正正是"足下之宝"。

题图：李佩华

我的
爱人
李华岚

象活着心脏就要跳动，我要为我的爱人唱一支歌。

我说："我普通、平凡，几乎一无所有。"你却说："麦粒是普通、平凡的，煤块是普通、平凡的。更普通、平凡的还有泥土。它们似乎也什么都没有。"

我有时也开一星半点的花，而且有时竟为自己这么一点点彩色陶醉。这时你总是说："重要的是结果，给人们结香甜的果。"

生活岂是一块甘草糖，有时成片的蒺藜

围着我。虽然你更年轻，手上胼胝并不多，但你总是抢着伸出手："这些都给我！"

有时是我自己跌跤，甚至跌得皮破血流，但你却更紧地贴近了我。不知为什么，这时我总想在自己剧痛的伤口上再洒一把盐，好疼得永远记住。

你紧紧地贴着我，但我知道我们也会有告别。在那需要的时候，你会象拉满的弓一样，让箭远远地、远远地飞射。

你总叫我惭愧啊，我的爱人！你给了我那么重的幸福的负荷！

鞭炮声中

茅盾

〔编者按〕 茅盾同志这篇作品，写于一九三六年十二月十二日"西安事变"发生后的第二十八天，由于遭到当时国民党检查机构的扣发，一直未能与读者见面。时光如流，转眼已过四十三年，现将原稿发表，使读者能更多地了解过去。不了解消逝了的过去就不利于建设美好的未来。

"耶稣圣诞"那晚上，我从一个朋友家里出来，街头鞭炮声尚在辟辟拍拍，一个卖报的孩子缩头扛肩站在冷风里，喊着"号外！号外！"我到街角一家烟纸店换零钱，听得两位国民在大发议论；一位面团团凸肚子的说：

"不是我猜对了么？前几天财神飞去，我就知道事情快要讲好了！"

"究竟化了多少？"

"三千万罢——金洋！"

面团团凸肚子的忽然转过脸来，眼光望到我，似乎十分遗憾于听见他这话的人太少。

这一类的谣言，三两天前早就喧腾众口，拜金主义的人们自然觉得这是最"合理"的解释，然而这个面团团凸肚子的家伙说来都好象亲眼看见。可是也怪不得他呵，大报上从没透露一点怎样解决的消息。老百姓虽然"蠢"，官样文章却也不能相信的。

在鞭炮辟拍声中，我忽然感到了寂寞。

时间还早，我顺便又到了一个同乡家里。这家的老爷因为尊足不便，正在家里纳闷，哈哈笑着对我说：

"刚才隔壁朱公馆放了半天鞭炮，当差的打听了来说，委员长坐飞机出来了，就在朱家；出来了大概是真的，就在朱家可是瞎说了，哈哈！"

我再走到街上时，果然看见一座很神气的洋房门前鞭炮的碎红足有半寸厚。洋台上似乎还有一面国旗迎风飘扬。一二个肮脏的孩子蹲在地下捡寻还没放出的鞭炮。两个闲人在那里研究"朱公馆"和委员长的关系。一个说：

"是亲戚呢！你怎么不晓得？"

"瞎说！不过是阿拉同乡罢哩！"另一个回驳。

我无心管这闲事，然而我忍不住笑了。

在冷静的马路上走着，蓦地——砰，拍！高升的双响从前面来了。马路如砥，两旁的店铺和人家如死，路灯放着寒光；却有一辆祥生汽车不快不慢朝我开来。刚过去了，我又忽听得脑后一声；砰——拍！我回头去看，捏着一根绿香的手臂还伸出在不快不慢开着的祥生汽车的车窗外，我分明看见这手臂是穿了制服的。

我恍然了，但这一次我感到的却是无聊。

我又到了一家，——二十年前一个老同学，却是"主耶稣"新收不满三年的信徒。客厅里一棵圣诞树，不大不小；挂着红绿小电球，也不多不少；摆着些这家的老爷太太赠给少爷小姐们的"礼物"，也是不奢不俭；——这都象这"可敬"的一家，不高不低，不上不下。

那位太太热心地告诉我："委员长果然今天出来了，我们祷告了三天，主耶稣应许了我们的祈祷。"她拱手放在胸前，挺起眼珠望着头顶。

然而那位老爷却激昂地说：

"路透社消息，说委员长自由后第一行

乡里旧闻

孙犁

梦中每迷还乡路，愈知晚途念桑梓。

——书衣文录

一、度春荒

我的家乡，邻近一条大河，树木很少，经常旱涝不收。在我幼年时，每年春季，粮食很缺，普通人家都要吃野菜树叶。春天，最早出土的，是一种名叫老刮锦的野菜，孩子们带着一把小刀，提着小篮，成群结队到野外去，寻觅剜取象铜钱大小的这种野菜的幼苗。

这种野菜，回家用开水一泼，搀上糠面蒸食，很有韧性。

与此同时出土的是锯锯菜，就是那种有很白嫩的根，带一点苦味的野菜。但是这种菜，不能当粮食吃。

以后，田野里的生机多了，野菜的品种，也就多了。有黄须菜，有扫帚苗，都可以吃。春天的麦苗，也可以救急，这是要到人家地里去偷来。

到树叶发芽，孩子们就脱光了脚，在手心吐些唾沫，上到树上去。榆叶和榆钱，是最好的菜。柳芽也很好。在大荒之年，我吃过杨花。就是大叶杨春天抽出的那种穗子一样的花。这种东西，是不得已而吃之，并且很费事，要用水浸好几遍，再上锅蒸，味道是很难闻的。

在春天，田野里跑着无数的孩子们，是为饥饿驱使，也为新的生机驱使，他们漫天漫野地跑着，寻视着，欢笑并打闹，追赶和竞争。

春风吹来，大地苏醒，河水解冻，万物孳生，土地是松软的，把孩子们的脚埋进去，他们仍然欢乐地跑着，并不感到跋涉。

清晨，还有露水，还有霜雪，小手冻得通红，但不久，太阳出来，就感到很暖和，男孩子们都脱去了上衣。

为衣食奔波，而不大感到愁苦，只有童年。

我的童年，虽然也常有兵荒马乱，究竟还没有遇见大灾荒，象我后来从历史书上知道的那样。这一带地方，在历史上，特别是新旧五代史上记载，人民的遭遇是异常悲惨的。因为战争，因为异族的侵略，因为灾荒，一连很多年，在书本上写着：人相食；析骨而焚；易子而食。

战争是大灾荒、大瘟疫的根源。饥饿可以使人疯狂，可以使人死亡，可以使人恢复兽性。曾国藩的日记里，有一页记的是太平天国战争时，安徽一带的人肉价目表。我们的民族，经历了比噩梦还可怕的年月！

日本帝国主义的侵略，以战养战，三光政

动是下令撤兵，这是谣言罢！必须讨伐！毒瓦斯早已准备好了！"

"哦！可是那就成为内战，那不是给敌人的侵略造机会么？你不是常说给敌人造机会的，禽兽都不如么？"

"不然，此一时，彼一时！为了国法，顾不了那些了！"

这个老爷近来常说什么"法"，我老实听厌了；我们有"法"么？但我不是和他辩论来的，我轻轻一笑，就把口气变成了诙谐："对了，朋友，你是有一个上帝的，但这也是上帝的意旨么？"不料那位老爷竟毅然宣言：

"主耶稣虽然还没昭告我们，然而我相信主耶稣一定嘉纳！"

我还想"诙谐"一下，可是被那位太太拦住了，说是时候到了，他们合家得唱赞美诗，为了感谢，也为了新的祈求。

我在赞美歌声中又走到街头，对于那一对夫妇觉得可笑，也觉得更加可厌。

一九三七年一月九日

题图：李佩华

14

策,是很野蛮很残酷的。但是因为共产党记取历史经验,重视农业生产,村里虽然有那么多青年人出去抗日,每年粮食的收成,还是能得到保证。党在这一时期,在农村实行合理负担的政策。地主富农,占有大部分土地,虽然对这种政策,心里有些不满,他们还是积极经营的。抗日期间,我曾住在一家地主家里,他家的大儿子对我说:"你们在前方努力抗日,我们在后方努力碾米。"

在八年抗日战争中,我们成功地避免了"大兵之后,必有凶年"的可怕遭遇,保证了抗日战争的胜利。

二、村　长

这个村庄本来很小,交通也不方便,离保定一百二十里,离县城十八里。它有一个村长,是一家富农。我不记得这村长是民选的,还是委派的。但他家的正房里,悬挂着本县县长一个奖状,说他对维持地方治安有成绩,用镜框装饰着。平日也看不见他有什么职务,他照样管理农事家务,赶集卖粮食。村里小学他是校董,县里督学来了,中午在他家吃饭。他手下另有一个"地方",这个职务倒很明显,每逢征收钱粮,由他在街上敲锣呼喊。

这个村长个子很小,脸也很黑,还有些麻子。他的穿著,比较讲究,在冬天,他有一领羊皮袄,在街上走路的时候,他的右手总是提起皮袄右面的开襟地方,步子也迈得细碎些,这样,他以为势派。

他原来和地方的老婆姘靠着。地方出外很多年,回到家后,村长就给他一面铜锣,派他当了地方。

在村子的最东头,有一家人卖油炸果子,有好几代历史了。这种行业,好象并不成全人,每天天不亮,就站在油锅旁,男人们都得了痨病,很早就死去了。但女人就没事,因此,这一家有好几个寡妇。村长又爱上了其中一个高个子的寡妇,就不大到地方家去了。

可是,这个寡妇,在村里还有别的相好,因为村长有钱有势,其他人就不能再登上她家的门边。

一九三七年,七七事变,国民党政权南逃。这年秋季,地方大乱。一到夜晚,远近枪声如度岁。有绑票的,有自卫的。

一天晚上,村长又到东头寡妇家去,夜深了才出来,寡妇不放心,叫她的儿子送村长回家。走到东街土地庙那里,从庙里出来几个人,用撅枪把村长打死在地,把寡妇的儿子也打死了。寡妇就这一个儿子,还是她丈夫的遗腹子。把他打死,显然是怕他走漏风声。

村长头部中了数弹,但他并没有死,因为撅枪和土造的子弹,都没有准头和力量。第二天早上苏醒了过来。儿子把他送到县城医治枪伤,并指名告了村里和他有宿怨的几个农民。当时的政权是维持会,土豪劣绅管事,当即把几个农民抓到县里,并带了镣。八路军到了,才释放出来。

村长回到村里,五官破坏,面目全非。深居简出,常常把一柄大铡刀放在门边,以防不测。一九三九年,日本人占据县城,地方又大乱。一个夜晚,村长终于被绑架到村南坟地,割去生殖器,大卸八块。村长之死,从政治上说,是打击封建恶霸势力。这是村庄开展阶级斗争的序幕。

那个寡妇,脸上虽有几点浅白麻子,长得却有几分人才,高高的个儿,可以说是亭亭玉立。后来,村妇救会成立,她是第一任的主任,现在还活着。死去的儿子,也有一个遗腹子,现在也长大成人了。

村长的孙子孙女,也先后参加了八路军,后来都是干部。

三、凤池叔

凤池叔就住我家的前邻。在我幼年时,他盖了三间新的砖房。他有一个叔父,名叫老亭。在本地有名的联庄会和英法联军交战时,他伤了一只眼,从前线退了下来,小队英国兵追了下来,使全村遭了一场浩劫,有一名没有来得及逃走的妇女,被鬼子轮奸致死。这位妇女,死后留下了不太好的名声,村中的妇女们说:她本来可以跑出去,可是她想发洋人的财,结果送了命。其实,并不一定是如此的。

老亭受了伤,也没有留下什么英雄的称号,只是从此名字上加了一个字,人们都叫他瞎老亭。

瞎老亭有一处宅院,和凤池叔紧挨着,

还有三间土墼北房。他为人很是孤独，从来也不和人们来往。我们住得这样近，我也不记得在幼年时，到他院里玩耍过，更不用说到他的屋子里去了。我对他那三间住房，没有丝毫的印象。

但是，每逢从他那低矮颓破的土院墙旁边走过时，总能看到，他那不小的院子里，原是很吸引儿童们的注意的。他的院里，有几棵红枣树，种着几畦瓜菜，有几只鸡跑着，其中那只大红公鸡，特别雄壮而美丽，不住声趾高气扬地啼叫。

瞎老亭总是一个人坐在他的北屋门口。他呆呆地直直地坐着，坏了的一只眼睛紧紧闭着，面容愁惨，好象总在回忆着什么不愉快的事。这种形态，儿童们一见，总是有点害怕的，不敢去接近他。

我特别记得，他的身旁，有一盆夹竹桃，据说这是他最爱惜的东西。这是稀有植物，整个村庄，就他这院里有一棵，也正因为有这一棵，使我很早就认识了这种花树。

村里的人，也很少有人到他那里去。只有他前邻的一个寡妇，常到他那里，并且半公开的，在夜间和他作伴。

这位老年寡妇，毫不隐讳地对妇女们说：

"神仙还救苦救难哩，我就是这样，才和他好的。"

瞎老亭死了以后，凤池叔以亲侄子的资格，继承了他的财产。拆了那三间土墼北房，又添上些钱，在自己的房基上，盖了三间新的砖房。那时，他的母亲还活着。

凤池叔是独生子，他的父亲是怎样一个人，我完全不记得，可能死得很早。凤池叔长得身材高大，仪表非凡，他总是穿着整整齐齐的长袍，步履庄严的走着。我时常想，如果他的运气好，在军队上混事，一定可以带一旅人或一师人。如果是个演员，扮相一定不亚于武生泰斗杨小楼那样威武。

可是他的命运不济。他一直在外村当长工。行行出状元，他是远近知名的长工；不只力气大，农活精，赶车尤其拿手。他赶几套的骡马，总是有条不紊，他从来也不象那些粗劣的驭手，随便鸣鞭、吆喝，以至虐待折磨牲畜。他总是若无其事地把鞭子抱在袖筒里，慢条斯理地抽着烟，不动声色，就完成了驾驭的任务。这一点，是很得地主们的赏识的。

但是，他在哪一家也呆不长久，最多二年。这并不是说他犯有那种毛病：一年勤，二年懒，三年就把当家的管。主要是他太傲慢，从不低声下气。另外，车马不讲究他不干，哪一个牲口不出色，不依他换掉，他也不干。另外，活当然干得出色，但也只是大秋大麦之时，其余时间，他好参与赌博，交结妇女。

因此，他常常失业家居。有一年冬天，他在家里闲着，年景又不好，村里的人都知道他没有吃的了，有些本院的长辈，出于怜悯，问他：

"凤池，你吃过饭了吗？"

"吃了！"他大声地回答。

"吃的什么？"

"吃的饺子！"

他从来也不向别人乞求一口饭，并绝对不露出挨饥受饿的样子。也从不偷盗，穿着也从不减退。

到过他的房间的人，知道他是家徒四壁，什么东西也卖光了的。

不知从哪里来了一个女的，藏在他的屋里，最初谁也不知道。一天夜间，这个妇女的本夫带领一些乡人，找到这里，破门而入。凤池叔从炕上跃起，用顶门大棍，把那个本夫，打了个头破血流，一群人慑于威势，大败而归，沿途留下不少血迹。那个妇女也呆不住，从此不知下落。

凤池叔不久就卖掉了他那三间北房。土改时，贫民团又把这房分给了他。在他死以前，他又把它卖掉了，才为自己出了一个体面的、虽属光棍但谁都乐于帮忙的殡，了此一生。

四、干 巴

在这个小小的村庄里，干巴要算是最穷最苦的人了。他的老婆，前几年，因为产后没吃的死去了，留下了一个小孩。最初，人们都说是个女孩，并说她命硬，一下生就把母亲克死了。过了两三年，干巴对人们说，他的孩子不是女孩，是个男孩，并给他起了个名字，叫小变儿。

干巴好不容易按照男孩子把他养大，这孩子也渐渐能帮助父亲做些事情了。他长得矮弱瘦小，可也能背上一个小筐，到野地里去拾些柴禾和庄稼了。其实，他应该和女孩子们一块去玩耍、工作。他在各方面，都更象一个女孩子。但是，干巴一定叫他到男孩子群里去。男孩子是很淘气的，他们常常跟小变儿起哄，欺侮他：

"来，小变儿，叫我们看看，又变了没有？"

有时就把这孩子逗哭了。这样，他的性情、脾气，在很小的时候，就发生了变态：孤僻，易怒。他总是一个人去玩，到其他孩子不乐意去的地方拾柴、拣庄稼。

这个村庄，每年夏天，好发大水，水撤了，村边一些沟里、坑里，水还满满的。每天中午，孩子们好聚到那里凫水，那是非常高兴和热闹的场面。

每逢小变儿走近那些沟坑，在其中游泳的孩子们，就喊：

"小变儿，脱了裤子下水吧！来，你不敢脱裤子！"

小变儿就默默地离开了那里。但天气实在热，他也实在愿意到水里去洗洗玩玩。有一天，人们都回家吃午饭了，他走到很少有人去的村东窑坑那里，看看四处没有人，脱了衣服跳进去。这个坑的水很深，一下就灭了顶，他喊叫了两声，没有人听见，这个孩子就淹死了。

这样，干巴就剩下孤身一人，没有了儿子。

他现在什么也没有了，他没有田地，也可以说没有房屋，他那间小屋，是很难叫做房屋的。他怎样生活？他有什么职业呢？

冬天，他就卖豆腐，在农村，这几乎可以不要什么本钱。秋天，他到地里拾些黑豆、黄豆，即使他在地头地脑偷一些，人们都知道他寒苦，也都睁一个眼、闭一个眼，不忍去说他。

他把这些豆子，做成豆腐，每天早晨挑到街上，敲着梆子，顾客都是拿豆子来换，很快就卖光了。自己吃些豆腐渣，这个冬天，也就过去了。

在村里，他还从事一种副业，也可以说是业余的工作。那时代，农村的小孩子，死亡率很高。有的人家，连生五、六个，一个也养不活。不用说那些大病症，比如说天花、麻疹、伤寒，可以死人；就是这些病症，比如抽风、盲肠炎、痢疾、百日咳，小孩子得上了，也难逃个活命。

母亲们看着孩子死去了，掉下两点眼泪，就去找干巴，叫他帮忙把孩子埋了去。干巴赶紧放下活计，背上铁铲，来到这家，用一片破炕席或一个破席锅盖，把孩子裹好，挟在掖下，安慰母亲一句：

"他婶子，不要难过。我把他埋得深深的，你放心吧！"

就走到村外去了。

其实，在那些年月，母亲们对死去一个不成年的孩子，也不很伤心，视若平常。因为她们在生活上遇到的苦难太多，孩子们累得她们也够受了。

事情完毕，她们就给干巴送些粮食或破烂衣服去，酬谢他的帮忙。

这种工作，一直到干巴离开人间，成了他的专利。

海边随拾　李华岚

一个小男孩欢笑着追逐退下的海浪。海浪跑了几步，返回身来，把孩子摔倒在松软的沙滩上，又跑了。笑着跑了。

一个小女孩，穿着红色的连衣裙，就象一朵红红的小喇叭花。晶亮的眸子在望什么呀？是望翻飞的鸥鸟，还是望轻移的云絮？海浪冷不丁地奔过来，把她的裙子打湿后就跑了。笑着跑了。

大海，你那么大，干嘛和孩子闹着玩呢？也许就因为大吧，开阔，无边无际，也就快乐、爽朗，带着孩子似的纯真。

画像记

陈一凡

　　星期日偶过文化馆，替业余美术组当了半点钟的义务模特儿，带回一幅自己的画像。

　　让人画像，得凝神屏息，正襟危坐，五官四肢都不能乱动，怪憋闷人的。我明知这味道不好尝，为什么偏要尝尝呢？探究动机，倒也不为贪得一张免费的肖像画，而是还另有点缘由。

　　中学时代也学过几笔素描，而且特别喜欢画人物，可就是没有人愿意坐下来让我画个痛快。没办法，只得请六岁的小弟弟做我的模特儿。事先讲妥条件：不准乱动，画完一张像就给他讲个故事。遗憾的是弟弟并不信守条约，只见他蹲在桌面上，一会儿挠头皮，一会儿鼓腮帮，一会儿又冲着我耍鬼脸。我还没有学会"捕定形于一瞬"的本领，于是笔随态变，纸上出现了一副啼笑皆非的尴尬面孔。我先火了："去你的吧！"他如奉赦令，拔腿就跑，我的人物素描也就没有学成，至今二十多年过去了，依然"画虎不成"，象只三脚猫。

　　推己及人，我想那些业余美术组的青年爱好者，大概也怀着我当年学画时的热情和烦恼吧。"坐观垂钓者，徒有羡鱼情"。结网既不成，垂钓又没鱼上钩，何不索性进入"鱼"的角色中去体验一下生活！想到这儿，我就心甘情愿坐下来做他们的模特儿了。

　　我颇为自己的这番好心感到沾沾然。但最近在一位画家的散文集里看到一件事，就觉得这点"雅意"委实微不足道了。

　　画家写到他有一次在杭州西湖写生，把一位端坐在湖滨的老人也画了进去。画家原先以为那老人并未察觉，后来听到他呵叱在一旁厮缠的小孙子道："别闹！有人在画我哩！"不禁被他那不露声色、暗中出力的高尚风格所深深感动。这位老人饶有人情味是无疑的了，但我想，他大概也是个深知绘事甘苦的过来人吧。

　　从这又联想到另一件事。我有一个当教师的朋友，上个月得了阑尾炎，进医院去开刀。操刀者是个"嘴上无毛"的实习医生。开始我那朋友紧皱眉头，生怕他"做事不牢"，自己白吃冤枉苦。继而一想：自己是个教师，也经过实习阶段来着。假如当初没有老教师们的提携指拨，没有小学生们的尊重鼓励，自己能在讲台上站稳脚跟吗？将心比心，他想通了，于是放心地登"台"受割，结果异常满意，不到三天就出了院。

　　"有人画我"，人家学会了画，自己也上了画，分明是好事；有人替我治病，自己的病好了，人家的医术也提高了，更是好事。不过，在"画"和"治"的过程中要吃点苦，有时甚至要担点小风险。有些人处处"独善其身"，不肯"兼善"一下别人，说穿了，就是怕这点"苦"和"险"。

　　俗话说："若要公道，打个颠倒"。在日常工作和生活中，多设身处地地替旁人想想，就可能更多地悟出一些朴素而有味的真理，也就可能乐于去做一些平凡而有益的事情；而就在这"想"和"做"中间，也常常能多少领略到"助人为乐"的乐趣。

　　如今，我每天下班回家，自己的画像就在墙上莞尔相迎。感谢那位不高明的业余作者，他把我的下巴拉长了足足两寸，却慷慨地给了我一个永不收敛的笑容。

题图：冯贵才

三笑点秋香

——我演主角的开始

新凤霞

《唐伯虎三笑点秋香》是一出花旦戏，很好看。我在这出戏里演过几个角色。四香是：春香、夏香、秋香、冬香，其中秋香是主要角色；夏香、春香、冬香是一般的角色。二娘是华文之妻，是闺门旦，我都演过，还反串过小生唐伯虎。

秋香是主要角色，当我在十四岁时还演不了这么重要的角色，只能演春、夏、冬三香；但我很用心学主演的唱、作，而且学得很象，连她的手势、眼神都学会了。

我从小演戏就认真，要强。自己想：现在演一般角色，以后长大了要当个角儿，演主要的角色。那时演戏多么不容易呀！唱、念、作、打都要好，还要自备戏装，那时我家里十分穷困，哪里买得起呀！

我对于化装也很重视，人家主角化装得非常漂亮，我们小孩子们化得总不好看。我想看看主角化装，但不敢进她的屋子；她的脾气大得吓人，那时主要演员自己有一间化装室，不许别人随便进她的屋子。我想进去看看，怎么办呢？就要买通好主角的化装师，为他织毛衣，缝衣服等等。在主要演员化装不注意时，自己慢慢地、轻手轻脚地进来偷看。

我这样看了很多主要演员化装，学习了她们各自的长处，自己给自己化，又给同伴姐妹们化，渐渐地有了进步。我在《三笑点秋香》里只能演春香、夏香、冬香，自己就是演三香，也是认真仔细地化装，心里非常羡慕演秋香的主角，常想，什么时候才能演上秋香啊！

小女孩都是爱美的，有一次在《三笑点秋香》里我演冬香，装化得很好，那天管服装的大爷给我穿的服装也好。他平时很喜欢我，说这小姑娘用功，化装也化得漂亮，给你穿得漂亮点。我那时自己买不起好服装，演这出戏我是穿师姐的服装。

冬香穿的是玫瑰紫的裤袄，淡绿的背心，头上戴的几支水钻点翠头面，斜插一朵小红玫瑰花，自己非常高兴地等着上场。谁知道主演生气了，一下场她就对着我说："你演的是冬香！你要是扮得这么漂亮，唐伯虎就点了冬香了。不行，下次你不许化装这么漂亮了，你记住了没有！不能'奴欺主'！"这句话我真是一生都忘不了！那时前后台经理都替主角讲话，他们说："以后自己要明白，你们化装要比秋香好看那就错了！你们能比秋香好看吗？这是点秋香！不是点你冬香！"说着，主角走过来故意在我眉毛上一抹，说："你化的眉毛太粗了！"正好把眼皮画了一块黑。马上要上场了，我也不敢吭声，带着一个黑眼皮上场。主角高兴地笑了，我眼泪只能往肚子里咽。这位主角就是这样专横跋扈！后来我知道了，再演《点秋香》，我不敢化装化的好，无论演什么戏，都要先想到主角，自己决不能超过她，在那一段时间里，我们这群小姑娘真没少受她的气呀！

一天，经理忽然急得满头大汗，前后台一片混乱。有人惊惶失措，有人唉声叹气，有人说开不了戏了，有人说非出事不可，有人说非退票不可！有人说这到哪里找人呀？

我不知道出了什么事。由于我一向怕事，在一边打毛线，也不敢多问；一会儿后台管事的老大爷朝我走来，我心里直扑通，不知道为什么来找我。

原来是主角闹婚变，跟人跑了，不辞而别了。主角没有了，开不了戏。她家里人着急，没有了摇钱树，经理着急没有了台柱子，大伙儿急不能开戏，没饭吃。管事的大爷对我说："孩子，咱们唱戏的，要讲义气呀！要有戏德。戏要开场了，票卖了，可主角因为要嫁人，她家里不同意，今天跟人跑了，为了婚姻事把这台戏撂了。孩子，救场如救火呀！主角走了，要是一退票事情就闹大了，弄不好要把园子给砸了，咱们就失业了，大家就没饭吃了。孩子你要为咱们大家着想·啊！"我问他："您跟我说这些有什么用啊？"大爷说："这场戏得指着你啦！孩子。"

我明白了，我平时爱看戏，什么戏都是留心学，留心看；偷看戏，偷学戏，已成了习惯。不但看自己班社的戏；外班社的戏，外剧种的戏，我都去偷看。我们班社主角的戏，我大部分都偷学会了，唱腔、动作、眼神、手式、台步都很象。给主角拉琴的琴师知道我偷学了很多戏，常常为我吊吊嗓子，还鼓励我，说我学得不错；还告诉我决不能让主角知道，知道了会生气的。琴师大爷喜欢我，同情我，我也经常为他作事，帮他家里做针线活，帮他洗衣服等等。

大家知道主角闹婚变撂了台，经理叫我顶上去唱主角，都热情支持我，可是也有人说风凉话："一个演冬香的，这下子要演主角秋香，真是一步登天，小心摔下来！出台一退票就完了！"也有人说："是骡子是马，拉出来遛遛吧。"

千说万说要上场看哪。我被架上去了，不演不行，我在化装时心里真害怕呀。楼上楼下满堂的人！我一上场把我轰下来可怎么办呀！我要争这口气，好好地按主演的戏路子演；但是再一想还不行，很多主角演秋香，她们各有长处；我要做到吸收她们每个人的长处，演好秋香。我自己安慰自己，要镇定，不能胆怯，要自信。别的主角都是根据自己的优点来创造秋香，我把她们的优点都学来，不更好吗？这哪里是唱秋香啊！是一次重要的考验，关系着我今后的命运哪！

这次我化装更仔细，更用心了，化的比平时更好看，头上带的头面也漂亮。经理跑到后台对我说："小凤子，你要有信心，要做到临阵不乱。"

一个大牌子摆在台上，写着："演员×××因故不能登台，由新凤霞扮演秋香，不愿看者请退票。"大家都担心观众退票，也害怕有坏人闹事。

没有人退票，一个人也没有，看来很多熟悉我的观众还是很捧场的。经理说："小凤子，穿上主角的服装。"我看着主角的漂亮衣服，平时我连摸一下也不敢呀，今天真没想到居然我穿上她的衣服，演她的拿手戏秋香。当时，我的心里又高兴，又害怕，怕她知道了要发脾气。经理说："人是衣裳，马是鞍，穿上戴上才好看，真漂亮啊！"我对着镜子一看，是很漂亮。

坐在上场门等候上场了，心里很复杂，要是喊倒彩呢？要是起哄捣乱呢？要是主角这会儿闯进来呢？不怕！当场不让父，"上场了！"管事大爷叫我了。自己想非唱好不可，这一炮要打红！

随着锣经，四香同上。春香、夏香、冬香跟在老夫人左右，秋香在最后扶着老夫人上车。这个上场的安排，为的是突出秋香这个主要的角色。这时秋香走在台的中间了，灯光也随音通亮，锣经正好打住。我很稳重地报名："秋香。"台下很静的，一下子活跃起来了，叫好！我唱第一句："秋香我跪佛前暗中祷告……"就得了一个满堂彩。我接着唱下去，每一句都得到彩声，我感觉到观众是喜欢我的。我放心了。

散戏后经理来后台了。平时他睬也不睬我这个黄毛丫头，今天他笑嘻嘻地向我道谢了："小凤子，真没想到呀。真了不起呀！真是不错呀！观众都夸你啊！有很多观众老戏座们向你道喜，说明

天你演出要为你送花篮呢！"后台的大爷们也夸我，说我平时有心。还说，"要想前台显贵，必须后台受罪呀！小凤就是偷着看戏学的本事。"又有人说："要不是这场戏顶上去，非出大乱子不可。""好！是有角儿的架子！""唱的不错，扮相好看。"经理又说："这回我放心了，从今天这一个秋香就唱红了。你的担子就重了。"我说："主角回来还是她演？"经理说："你就演吧，她回来再说。"

谁知道，第二天，第三天，连着多少天主角也没回来。我演了《花为媒》、《六月雪》、《苏小妹》、《花田八错》、《三堂会审玉堂春》、《人面桃花》、《桃花扇》……这些戏都是我们主角的拿手好戏，哪有人教我呀！都是我平时偷着学会的。

这个班社是很多年的老班社，剧目也是多年积累起来的老剧目。我在这个班演出的行当最多：小孩、丫环、小丑、彩旦、院子、龙套、书童、老生、老旦，除去大花脸我都演过。

初演主角，我只是个十四岁的小姑娘，戏演得很不成熟，也从没有演过主角戏，但琴师们、场面叔叔大爷们帮助我，观众原谅我。说："小小年纪演这样的重头戏，不容易呀！"观众对我的鼓励消除了我的紧张心理，使我逐渐成熟起来。

后来主角家里提出了一个要求：穿她们衣服得给她们钱。这也合理。那时唱戏的服装，都是自己的，我却一件象样的衣服也没有。经理想了个办法，在我的薪金里拿出两成给她们家，就是一块钱有她家两角钱，尽管天天卖满座，经理并没给我涨钱。师傅大爷们劝我，挣的少也好好的唱，这叫"借官台，演私戏"。后来我不穿他们的戏装了，经理又想个办法，借给我钱买戏装，我每天挣的钱给他打印子一直打了好多年。

旧戏班里经理为了挣钱，常要出新花样。他出了一个主意，叫我反串唐伯虎，他这是为了号召观众。我本来是唱花旦的，但我平时什么都唱。大嗓、小嗓、小生、青衣都唱。但要叫我唱唐伯虎，我必须练好小生穿的厚底靴子，天不亮起床穿上厚底靴练功、练唱，都准备好了，经理贴出海报《唐伯虎三笑点秋香》，"新凤霞反串小生唐伯虎"。大宣传，一开门就满座！我一出场满台好，我一走台步，观众看见我穿厚底靴就叫好！我唱："秋香姐姐生来的俊……"台下的好声喊成一片。

后来经理常常提出来叫我反串，演老旦、老生、青衣等角色，我从不拒绝，而是从中得到锻炼，观众也非常欢迎。我从此打下了演主角的基础。这对我后来演戏的戏路宽广有很大好处。担子是应当挑重点儿。天下无难事，一逼也就逼出来了。

题图：何荣洪

前不久，我在图书馆里查阅国外报刊资料时，无意中发现一条美国电影界老前辈、八十六岁高龄的玛丽·璧克馥女士一九七九年六月初逝世于洛杉矶的讣文，回家后便直奔母亲卧室，将这一不幸消息转告给她老人家。母亲近来腿脚不大灵活，正躺在床上看我在《戏剧艺术论丛》上发表的一篇追忆梅剧团五十年前访美演出的文章；她放下杂志，叹口气说："唉，刚看到你文章里提到了玛丽·璧克馥。真可惜，又故去了一位美国老朋友！"

母亲一边说，一边指着梳妆台上摆着的一幅自己中年的十二时彩色照片，"你看，那个装着我相片的十四开金的镜框就是玛丽·璧克馥当年送给我的，都快五十年了。"

我随着母亲的手势注视着那件珍贵的纪念品，它金光灿灿，完整如新，象征着中美两个艺术家庭源远流长的友谊。我蓦地想起三十多年前在上海故居"梅花书屋"里曾经摆过一张范朋克夫妇合影的照片：体格健壮、肤色黝黑的范朋克喜气洋洋地坐着，傍边站着头发剪短、光采照人的玛丽·璧克馥。我便探询那张照片的下落，母亲答道："是啊，不止那一张，还有好多幅呐。一九四六年抗战胜利后，玛丽·璧克馥还从美国寄来一张她的便照呢。解放初期，咱们从上海搬到北京来，都放在箱子里了。等我哪天慢慢都给你找出来。"

半个世纪过去了，当今恐怕只有六十岁开外的中国观众还记得这两位活跃于二、三十年代美国默片时期的电影皇帝和皇后，或许看过范朋克的《大侠佐罗》、《三剑客》、《铁面人》、《罗宾汉》、《巴格达窃贼》和玛丽·璧克馥的《灰姑娘》、《汤姆叔叔的小屋》、《小公主》等无声片，以及他们夫妇合演的莎士比亚的《驯悍记》有声片。今天的青年对他俩的名字感到陌生，一点也不奇怪。一九七六年，当电视荧光屏上映出白发苍苍的玛丽·璧克馥接受美国电影艺术和科学学会为褒奖她在电影开创时期所做出的特殊贡献而颁发给她的"奥斯卡"荣誉金像奖时，就连美国许多年轻人也曾惊讶

地问过："唷，这位老奶奶是谁呀？"

这里，不妨先略微介绍一下这对夫妇吧。

一

范朋克的传记作家加里·卡瑞说："击剑场面和情节剧的结合在文学和戏剧中早有先例，可以从雨果、大仲马、司各特一直追溯到莎士比亚以前。在电影方面，也许同样有过先驱者，但范朋克则是这种形式的大师和推广者。在他之后的一些电影勇猛小生，如埃洛·弗林、泰隆·鲍华、金·凯莱和勃特·兰卡斯特等人，可说没有一个能赶得上范朋克所表演的那样机智和生气勃勃。"

道格拉斯·范朋克诞生于一八八三年，原姓乌尔曼，父亲是个律师，后因开矿投资失败而出走，撇下妻子和三个孩子，当时，范朋克才五岁，由母亲艰辛抚养成人。他从小就喜欢演戏，十七岁中学毕业后参加了一个旅行剧团，廿四岁开始享名，登上百老汇舞台，后又转入影界。他一生喜爱运动，为了扮演《三剑客》中的达达安和绿林侠客罗宾汉，曾拜当时最有声望的击剑家和射箭手为师，虚心学习，从而在银幕上成功地塑造了许多英雄豪杰生龙活虎的形象。影片中一些翻墙越楼等惊险场面，他也从不使用替身，只见他轻捷如狡兔，表演得干净利落，令人惊叹不置，四十岁后竟为此而摔伤腿骨，痊愈后继续顽强锻炼，保持完美的体型，事业心可以说是相当强的。他一生主演过上百部电影，成为当时美国青年仰慕的英雄豪杰的偶像，也博得了世界各国观众的赞赏。

玛丽·璧克馥恰在爱迪生发明电影那年——一八九三年出生，原姓史密斯，父亲是个杂货商贩，母亲出身于爱尔兰农民家庭。她早年丧父，家境贫寒，五岁就登台演戏，养活寡母和弟妹。十三岁时，她慕戏剧家和大导演贝拉斯考之名，大胆登门求教，在他悉心指导下登上百老汇舞台，一举成名，十六岁进入影坛。她由于擅长扮演天真无邪的小姑娘而被誉为"美国的大众情人"。

艺人最重千金诺

——影星范朋克夫妇的友谊
回忆我的父亲梅兰芳和美国

梅绍武

三十年代后，玛丽·璧克馥年近四十，不能再扮演少女，为了保持观众对她留下的美好印象，便毅然于一九三三年退出影坛。她后来曾说："我离开银幕，是因为我不希望那种在卓别林身上所发生的事也在我身上再现。卓别林后来抛弃了他一直扮演的流浪汉时，那个流浪汉也就转身把他扼杀了。小姑娘的形象使我成功，我不想等待那个小姑娘也把我扼杀……我本来可以比我在《卖俏的女人》和《秘密》中所扮演的角色做出更富戏剧性的表演，但是我已经被人们定了型。"如今看来，她这一决定显然是明智的，在观众心目中，她一直保持着金黄卷发、天真烂漫的小姑娘的形象。在她主演的一九四部电影里一次次地战胜邪恶和苦难；她依然是那颇有胆识而调皮的姑娘，依然是美国理想的少女化身。

玛丽·璧克馥演戏认真负责，她说，"我没有在表演——我就是银幕上那个人物。在拍摄一部电影的过程中，我没有把自己所扮演的角色抛弃在摄影棚里，而是把她带回家去。我就活在她的生活气氛中。"正是由于她深刻体会剧情，细心琢磨角色的心理，才表演得自然简捷，毫不矫揉造作，富于诗情画意，而赢得当时她的最大多数观众——美国工人阶级的喜爱。玛丽·璧克馥也富有正义感，一九五四年卓别林被右翼专栏作家威斯特布洛克·佩格莱指控为共产党同情者，受到非美活动调查委员会审讯时，她曾经站出来为卓氏辩护，说他不应当由于别人的道听途说而受到谴责。

本世纪初期，美国电影刚刚出现时曾受到普遍的蔑视。洛杉矶一些供应膳宿的寄宿处的草坪上竖立过"犹太人、狗或电影演员不许入内"的牌子。只是由于范朋克和玛丽·璧克馥的努力奋斗，才使电影事业获得好名声，电影演员的地位才得以提高。他俩这段功绩是不可磨灭的。

这对当时最受欢迎的电影演员一九二〇年结婚后，在加里弗尼亚州森克·莫尼卡市有所住宅，定名为"范馥别墅"（Fairford），是由丈夫的名字上半，夫人的名字下半相缀而成的。他俩豪爽好客，许多国际知名人士，诸如英国作家毛姆和戏剧家诺埃尔·考沃德，西班牙大提琴家卡萨斯，大科学家爱因斯坦，第一次飞越大西洋的飞行员林伯格，苏联名导演爱森斯坦，美国棒球健将巴贝·鲁思等人都曾是他们家中的座上客。有人曾说二十年代初期美国两个最有名望之家就是白宫和范馥别墅。

二

一九二九年十一月，范氏夫妇第七次出国旅行，途经瑞士、埃及、希腊、印度、中国和日本，十二月中旬抵达上海。当时我父亲同其他中国电影观众一样，早已仰慕美国影坛三杰卓别林和范氏夫妇的卓越演技，当即打电报至沪欢迎范氏夫妇来京游历，借此也可进行艺术交流。但他俩赴日行期已定，回电甚表歉意，答应下次访华时必定前来赴约。

没过多久，父亲便率领剧团赴美访问演出，先在东岸几个城市上演获得成功，五月份前往西岸。在到达旧金山的第二天，他就收到范朋克从洛杉矶拍来的电报，内称："梅君此次到美，本拟快聚多日，以慰热忱，奈有要事须往英伦，两日便即起程。又拟乘飞机一至金山，借谋把晤，而案头待理之公事猬集，又不克如愿，极为歉仄，故候梅君于洛城演剧时能来别墅小住数日，以便略尽地主之谊。"接着又续来两次电报，我父亲三次回电辞谢，均未获允。玛丽·璧克馥又来电说她丈夫临行前再三嘱咐务请梅先生惠临，语益诚恳，父亲只得应诺。

一九三〇年五月十二日，父亲抵达洛杉矶，市长的代表和各国驻该市领事公举的比利时领事前往车站迎接，范氏夫妇也派两名代表和摄影队在那里翘首迎候。父亲同欢迎者一一握手后，就乘范朋克所提供的汽车出站，市长特派警厅汽车数辆护卫，街道两旁许多热情的市民向我父亲招手致意。父亲先至市府拜谒波特市长，然后前往范馥别墅。

玛丽·璧克馥热忱接待，为了使我父亲象在自己家里一样，竟将全座别墅拨交我父亲和他的顾问齐如山先生居住，自己则迁到另一所住宅去住。范馥别墅座落在海滨，前临太平洋，一览无际，风景优美，别墅内小园曲径，芳草如茵，百花盛开。父亲在美上演已逾半年，稍感劳累，在这四季如春、温暖宜人的加州海滨休息数日后，疲劳顿释。

在这期间，玛丽·壁克馥邀我父亲到她的摄影棚观看她拍摄两场戏，又陪他参观卓别林和他们夫妇合办的联艺公司，详细介绍新发明的录音设备。父亲的秘书李斐叔先生当时曾用家庭摄影机把这一实况纪录了下来。我记得其中有一段是玛丽·壁克馥和我父亲戴上了耳机，录音师在机器后边即兴表演，三人相互微笑，握手庆贺，洋溢着一片友好的情意。一九六二年，阿英先生在编制《梅兰芳》传记片时，曾从我们家中借去这份珍贵文献片，利用了其中若干镜头。父亲回国后多次希望把自己的表演拍摄成电影，那次参观访问可能是一个促使他产生这念头的契机。

玛丽·壁克馥还曾举行多次宴会，邀请许多电影同行与我父亲见面，畅谈艺事，摄影留念，其中包括卓别林、西席迪米尔、法国名演员薛华利（Maurice Chevalier）和墨西哥籍影星黛丽娥（Dolores Del Rio）。

在范馥别墅休息数日后，父亲要在洛城市内演出，便迁至剧院附近的比尔特莫饭店居住。演出期间，他多次请玛丽·壁克馥至剧院观剧，每次她均至后台献花道乏。父亲在洛市最后两天，范朋克从英国回来了，又特地举行一次茶会欢迎我父亲，还亲自教他怎样打高尔夫球，相聚甚为欢洽。父亲赴檀香山那天，范氏夫妇亲至码头欢送，父亲感谢他们的盛情接待，希望他们日后再次访华时一定到北京。

三

一九三一年初，范朋克同他的导演维克多·佛莱明和摄影师亨利·夏泼到东南亚、中国和日本游历，摄制纪录片《八十分钟邀游世界》，事先拍来电报给我父亲。父亲当即筹备一切接待事宜。二月四日夜间，范氏一行抵京，父亲亲至前门车站迎迓，接他住在大方家胡同一所宽敞的住宅里。

第二天，父亲在家中举行茶会欢迎范朋克，出席作陪的有杨小楼、余叔岩、程砚秋、尚小云、荀慧生等京剧演员。范氏一进门就对我父亲说，"我妻玛丽·壁克馥因事不能同来，托我向您和您的夫人致候。"中美两国艺术家欢聚一堂，切磋技艺，范氏当场介绍了他在电影中的特技表演，大家在一起照了相，范氏摄影队也拍了纪录电影。第三天，父亲在开明戏院为招待他上演《刺虎》一剧，剧终后，范氏登台和我父亲握手，并向观众致词，说他这次访华认识了中国的高尚文化，去年在美国没能看到梅氏的表演，今天才能得见，甚感兴奋。

次日，范朋克和我父亲又在佛莱明的导演下，在家中院子里拍了一段电影。第一组镜头是两人相见的情景，父亲用英语说了几句欢迎词，范氏用刚学会的中国话说，"梅先生，北京很好，我们明年还要来。"第二组镜头是范朋克打扮成《蜈蚣岭》里的行者武松。他头戴金箍篓头，身穿青缎打衣打裤，脚登厚底缎靴，佩着腰刀，手拿拂尘。父亲当场教他几个身段动作和亮相姿势，范朋克都一一做得很到家，赢得旁观者热烈掌声。父亲笑着对他说，"我看您大概是有史以来头一名外国武生扮演中国武生啦！"范朋克听了爽朗地笑了，显得十分高兴。

范朋克在京一共逗留四天，游览了颐和园和故宫。在我父亲为他饯行的宴会上，他说："我在北京认识了许多文艺界朋友，使我在很短时间内能够认识到中国悠久文化和传统美德，在故宫又见到许多珍贵文物，使我想到中国的文化对人类作出了伟大的贡献。"他还称赞京剧可与希腊正剧及莎士比亚戏剧相媲美。"我祝愿古典京剧永远保持它固有的特点，不断发扬光大。"

在他离京前，父亲赠送他一批礼物，其中包括他所喜爱的那身武松的行头，还请他带回两套旦角服装赠给玛丽·壁克馥，希望她也能有机会试扮一个中国古典美人。

此后十年里，由于国内动乱，两国艺友未能再次相会。范朋克后来由于主演《唐璜的私生活》不够理想，心情悒郁，又为了保持自己的仪态，加重了体育锻炼，乃至损伤心脏，不幸于一九三九年过早逝世了。我父亲当时已经移居香港，听到这个消息甚表惋惜，发去唁电，哀悼这位美国朋友。

四

七十年代初，好莱坞华裔影星卢燕女士参加一次电影界的宴会，看到年迈的玛丽·壁克馥身穿一件眩眼华丽的中国古装，仪态大方地步入大厅，一时掠动四座，个个啧啧称赞不置。玛丽·壁克馥自豪地告诉大家："这套古装还是当年中国大戏剧家梅博士送给我的呐！"她看到卢燕女士紧紧盯视着她那套衣服，流露出羡慕的心情，便跟她攀谈起来，邀她有空到家中作客，畅谈美中两国艺术家的友谊。

卢燕应邀前往，玛丽·壁克馥请她楼上坐。登上楼梯时，卢燕发现壁上挂着一幅中国花鸟画，近前一看署名，不禁惊讶地"啊"了一声。走在前面的玛丽·壁克馥回头问道："怎么啦？"卢燕情不自禁地答道："这是我义父梅兰芳画的啊！"

玛丽·壁克馥知道了卢燕与梅家这层关系，后来又看到卢燕十分成功地扮演了《倾国倾城》里的慈禧太后，对她更加喜爱了。自一九七四年后，接连三个圣诞节把她珍藏几十年的那幅中国画和两套戏装——作为礼物转赠给卢燕，并嘱咐道，因为自己年事已高，将来一旦弃世，梅博士送的这几件礼物

峨 眉 道 上

玛拉沁夫

游四川峨眉山，头一天歇脚于山下幽静的报国寺，翌日乘车至净水，再往前就没有公路了。你若想一览峨眉风采，就得由此徒步爬山。我们同行数十人，大多是青年，起初说笑歌吟，好不热闹。前面是歧路峻峡，不能并行，大家自然排成一行，缓步前进。随着山路愈变艰险，人们都只顾自己的脚底下，因而刚才那股谈笑风生的劲头，逐渐消失了。最使我们这些来自塞外草原的游客不习惯的，是南方山区那种雨不象雨，雾不是雾的绵绵水丝，一直打在脸上，全身湿乎乎的，这正是"山行本无雨，空翠湿人衣。"

我们来到万年寺进午餐时，果真下起雨来。大家担心今天可能受阻于此；但不多时，密集在附近几座高峰上的乌云，象预先约好了似的同时滚滚散去，雨渐渐变小，我们又欣然上路。

峨眉山遍地都是红粘土，沾在石板铺成的小路上，脚底下格外滑。前面已有几位同志滑倒过了，所以人们都小心而缓慢地迈动脚步。这里已经没有平坦的路了，所谓的路，就是用一块一块二尺见方的石板接连起来的阶梯，整个旅程就是一步一块石板地爬行在无尽头的石阶上，偶而停步仰望，只见石阶象一条天梯竖挂在前面树木葱茏的高山上，我们就是要攀登那条长长的天梯，去越过一座座高山。不多时，我们这些在大草原上走惯了的人们，都

感到腿肚酸痛，甚至有的大腿抽起筋来，那天梯一般的石板路，还得一步一步去攀登，攀登……真是"蜀道之难，难于上青天"！许多人，甚至连那些起初活蹦乱跳的姑娘小伙子们，此刻也都拄起拐杖来。大家互相看了看，不由引起一阵大笑：男青年取笑姑娘们变成了拄拐杖的老太婆，姑娘们回敬说男青年一个个象越南俘虏，反正那样子都够狼狈的。

我们这些上年纪的，无心戏闹，两眼只顾盯住走在自己前头那位的脚后跟，看久了，眼睛有点发花，赶紧歇住脚，抬起头向四周环视，借以消除昏晕。这时候才发觉我们原来是走在一片苍楠翠柏之间，附近几户竹楼式的农舍，掩隐在盛开的茶花、玉兰和紫杜鹃的云霞中，农舍旁还有一条山泉淙淙作响，溢出流彩，秀气盈然，是一幅绝妙的水彩画。我有些后悔了，在前边一段路程中，过分注意脚底路滑，老是低头盯着前面那位的脚后跟，没有顾上观赏周围的景色，实在是一件遗憾的事。从此有了经验，走一段路，我便停下来观赏一会儿周围的景物，否则，游了一趟"天下第一山"，什么也没有顾得上看，脑海里只留下前面那位带泥的脚后跟的记忆，岂不太傻气了吗！

我们来到清音阁，小作歇息，这里的殿宇亭阁，雄峙精雅，别具一格，特别是左右两条飞瀑，奔腾回旋，由深邃的山洞里，发出雄浑的怒吼，的

恐易散失，不如由卢燕继续妥善保存，作为纪念吧。

卢燕姐最近回国探亲，我便向她询问那几件礼物的细节。她说："那张画画的是红梅和青鸟，格调和谐，五彩缤纷，煞是好看。两套戏装，一套是上下身的蓝色锦缎古装，另一件是花团锦簇的杏黄色长帔，虽然是五十年前送的，现在依然完整如新呐！"

母亲听我说后，脸上绽出笑容，对卢姐姐说："你寄爹当年送给玛丽·璧克馥的薄礼，她如此珍视，感人至极，但是万没想到今天又回到自家人手里了，天下真小！你应当更加好好地保存起来，作为纪念。"卢燕频频点头说，"您放心。一定！一定！"

昨天，母亲从箱子里取出冬装时，顺便找出了一些旧照片。她指着其中两张对我说："你看，这张是你父亲和玛丽·璧克馥在好莱坞的合影；这一张是范朋克在咱们无量大人胡同故居照的，有他、你父亲和我。前面站着的两个小孩，一个是你那已故的三哥，一个就是你。"我接过那张照片，久久凝视，怎么也没想到我这个素来最爱看武戏的人居然曾和一名外国勇猛武生照过相哩！

题图：王志恒

24

确是个令人流连的处所。但是，我没有久留，因为我的心早就被另外一个地方所吸引，那就是由此向右沿溪上行二华里即可到达的著名的一线天栈道。

一提起栈道，使人想到古代的往事，过去我没有到过四川，但从各种书文中每当读到描写古时秦蜀边境邈邈栈道的文字时，一种神秘感肃然而生。多年来我一直盼望有一天前来领略一下，我们的祖先是以何等难以想象的勇敢、毅力和巧技，在那巍巍悬崖森森绝壁上凿孔支架木桩，铺上木板，修成狭窄的桥——栈道的？李白诗云："地崩山摧壮士死，然后天梯石栈相勾连"，就是描写当时凿建栈道时艰难而壮烈的情景的。这种栈道致使秦蜀相通，后来古代多次大战前的军事调动，都是通过它进行的。……

我们来到了"一线天"，仰头望去，在那如同用利斧把一座大山劈成两段的险崖绝壁之间，透过茂密的树丛，露出一线天色。这里崖壁升耸，峡壑险邃，深涧中惊浪雷奔，确有一种"气萧萧以瑟瑟，风飕飕以飏飏"的森严气氛。然而我想象中的那个古代栈道却早已不见踪迹，现在依"一线天"曲折险窄的峡谷，新建了钢筋水泥的桥梁，红栏绿柱，曲回宛转，煞是好看。人们依然称此桥为"栈道"，这也很好，让人们走在坚固的桥梁上，莫忘古代攀越栈道之艰险。在一本书上介绍说，过去的一线天栈道"险窄简陋，游人时有坠落深涧"，但同时又说："峨眉山，峨形容其高，眉形容其秀"。这两种说法之间似有矛盾，只用"高、秀"二字，不能概括峨眉山全貌，我以为还须加一个"险"字。你若身临其境，看一看桥旁岩石上那古代栈道凿眼的痕迹，再望一眼桥下深涧中黑色激流碎玉崩裂，呼啸而过的触目惊心的景象，你就会从"游人时有坠落深涧"那句话里，体味出一股"险"劲儿来。

过了一线天栈道，离我们今晚将要投宿的洪椿坪，大约还有十里路；这十里可不同寻常，全是爬陡峭的石梯，而那石梯路又是修在绝崖峭壁的半腰上，路面仅宽一米多，旁边就是万丈深涧，偶一失足，定将粉身碎骨。好在，路旁长满了繁茂草木，游人看不见那令人头晕目眩的深涧，所以并不感到可怕。

在途中，我们遇到了十几个背竹篓的人，他们把竹篓靠在路旁岩石上正在歇息。走到近处，才发现他们每个人背篓里都装着一块大石板。背着石板攀登天梯可真了不起！我怀着好奇心问他们往山上背石板作什么？他们当中一位长者，指了一下脚下石阶，操着浓重的川音幽默地答说：

"干这个！"

"铺路？"

他点了点头，并告诉我说：去洪椿坪的一段路，被山水冲毁，他们是从十多里以外，开山取石，凿成石板，背上山去，铺修那段被冲毁的路。

他们是峨眉铺路人呵！

峨眉山只游览路线就有二百多里，该有多少块石板？几万，几十万，还是几百万块？全是这样一块块背上山来的吗？……这是用不着问的，山路狭窄，不能动用机械，自然全靠人工。想到这里，我的心头突然被一股浓重的愧疚所笼罩：我们走在别人铺平的道路上，还嫌吃力，而这些铺路人，却把一块块石板背上山，铺成路，日复一日，年复一年，默默地流汗、辛劳，全然是为了他人的方便。

是的，世界上的每条道路，都有它的铺路人；每片田地，都有它的开拓者；每个伟大业绩，都有它的创建家。我们是后来者，应当永远铭记那些铺路人、开拓者、创建家们的历史功勋，永远向他们倾注诚挚的敬重之情。没有他们，便没有我们；没有他们的辛劳与牺牲，便没有我们的欢乐与幸福。啊，铺路人，你们都是无名英雄啊！

我问那位长者："洪椿坪还有多远？"他用粗大的手，往头顶上一指，爽朗地笑着说："不远了，在那边。"我顺着他的手势向上仰望，只见在云雾缭绕的重叠山峦之上，露出一个被众山拱卫着的青翠峰头，那就是我们今晚将要落脚的洪椿坪。

在这些背负重石的铺路人面前，我再也不敢感叹路远路难了。

到了洪椿坪，我才知道，要登峨眉山的顶峰——金顶，还得再爬九十里的石阶；九十里石阶会有多少块石板？那也是铺路人一块一块背上去，铺成的哟！

当你登上金顶，放开眼界，纵览天上地下无边壮丽景色而沉入陶醉的时候，如若忘怀了那些铺路人，那么请你切莫下山来，要不然那无数块石板，将从你脚下抽脱出去，让你跌入万丈深涧之中。那将是一场悲剧；悲剧不多，但总是有的。

文尾图：家元

佛教圣迹巡礼

季羡林

我第二次来到了孟买，想到附近的象岛，由象岛想到阿旃陀，由阿旃陀想到那烂陀，由那烂陀想到菩提伽耶，一路想了下来，忆想联翩，应接不暇。我的联想和回忆又把我带回到三十年前去了。

那次，我们是乘印度空军的飞机从孟买飞到了一个地方。地方名字忘记了。然后从那里坐汽车奔波了大约半天，天已经黑下来了，才到了阿旃陀。我们住在一个颇为古旧的旅馆里，晚饭吃的是印度饭。餐桌上摆着一大盘生辣椒。陪我们来的印度朋友看到我吃印度饼的时候，居然大口大口地吃起辣椒来，他大为吃惊。于是吃辣椒就成了餐桌上闲谈的题目。从吃辣椒又谈到一般的吃饭。印度朋友说，印度人民中间有很多关于中国人吃东西的传说。他们说，中国人使用筷子已经到了出神入化的境界，用筷子连水都能喝。他们又说，四条腿的东西，除了桌子以外，中国人什么都吃；水里的东西，除了船以外，中国人也什么都吃。这立刻引起我们的哄堂大笑。印度朋友补充说，敢想敢吃并不是一件简单的事情。敢吃才能添加营养，增强体质。印度有一些人却是这也不吃，那也不吃。结果是体质虚弱，寿命不长，反而不如中国人敢想敢吃的好。有关中国人的这些传说虽然有些荒诞不经，但反映出印度老百姓对中国既关心又陌生的情况。于是餐桌上越谈越热烈，有时间杂着大笑。这笑声仿佛震动了外面黑暗的、寂静的夜空。

我从窗子里模模糊糊看到外面一片树影，看到一片山陵的影子。在欢笑声中，我又时涉遐想：阿旃陀究竟在什么地方呢？它是在黑暗中哪一个方向呢？我们什么时候才能看到它？我真有点望眼欲穿了。

第二天一大早，我们就起身向阿旃陀走去。穿过了许多片树林子和山涧，走过一条半山小径，终于到了阿旃陀石窟。一个个的洞子都是在半山上凿成的。山势形成了半圆形，下临深涧，洞中一泓清水。洞子有大有小，有深有浅，有高有低，沿着半山凿过去，一共有二十九个。窟内的壁画、石像，件件精美，因为没有人来破坏，所以保存得都比较完整。印度朋友说，唐朝的中国高僧玄奘曾到这里来过。以后这些石窟就湮没在荒榛丛莽中，久历春秋，几乎没有人知道了。一百多年前，有一个英国人上山猎虎，偶尔发现了这些洞子，这才引起人们的注意。以后印度政府加以修缮，在洞前凿成了曲曲折折的石径，有点象中国云南昆明的龙门。从此阿旃陀石窟就成为全印度全世界著名的佛教艺术宝库。

我们走在洞子前窄窄的石径上，边走边谈，边谈边看，注目凝视，潜心遐想。印度朋友告诉我

说，深涧对面的山坡上时常有成群成群的孔雀在游戏、舞蹈，早晨晚上孔雀出巢归巢时鸣声响彻整个山涧。我随着印度朋友的叙述，心潮腾涌，浮想联翩。我仿佛看到玄奘就蹒蹒地走在这条石径上，在阴森黑暗的洞子中出出进进，时而跪下拜佛，时而喃喃诵经。对面山坡上的成群的孔雀好象能知人意，对着这位不远万里而来的异国高僧舞蹈致敬。天上落下了一阵阵的花雨，把整个山麓和洞子照耀得光辉闪闪。

"小心！"印度朋友喊了一声，我才从梦幻中走了出来。盼望玄奘出现，那当然是完全不可能的。但是，盼望对面山坡上出现一群孔雀总是可能的吧。我于是眼巴巴地望着那山涧彼岸的山坡，山坡上绿树成荫，杂草丛生，榛莽中一片寂静，郁郁苍苍，却也明露荒寒之意。大概因为不是清晨黄昏，孔雀还没有出巢归巢，所以只是空望了一番而已。离开阿旃陀时，石壁上绚丽的壁画，跪拜诵经的玄奘的姿态，对面山坡上跳舞的孔雀的形象，印度朋友的音容笑貌，仍在我眼前织成了一幅迷离恍惚的幻影。

我们怎样到的那烂陀，现在也记不清楚了。对于这个地方我真是"久仰大名，如雷贯耳"。在长达几百年的时间内，这地方不仅是佛学的中心，而且是印度学术中心。从晋代一直到唐代，中国许多高僧如法显、玄奘、义净等都到过这里求学。玄奘《大唐西域记》里面对那烂陀有生动的描述。《大唐大慈恩寺三藏法师玄奘传》里对那烂陀的描述更是详尽：

> 六帝相承，各加营造，又以砖垒其外，合为一寺，都建一门。庭序别开，中分八院。宝台星列，琼楼岳峙，观竦烟中，殿飞霞上。生风云于户牖，交日月于轩檐。加以流水逶迤，青莲菡萏，羯尼花树，晖焕其间。庵没罗林森

娗其外。诸院僧室，皆四重重阁。虬栋虹梁，绣栌朱柱，雕楹镂槛，玉础文楯。榱接瑶辉，榱连绳彩。印度伽蓝，数乃千万；壮丽崇高，此为其极。僧徒主客，常有万人。

对于玄奘来到这里的情况，这书中也有详尽生动的叙述：

向幼日王院安置于觉贤房第四重阁。七日供养已，更安置上房，在护法菩萨房北，加诸供给。日得瞻步罗果一百二十枚，槟榔子二十颗，豆蔻二十颗，龙脑香一两，供大人米一升。其米大于乌豆，作饭香鲜，余米不及。唯摩揭陀国有此粳米，余处更无。独供国王及多闻大德，故号为供大人米。月给油三升，酥乳等随日取足，净人一人，婆罗门一人，免诸僧事，行乘象舆。

看了这段描述，我眼前仿佛出现了一座极其壮丽宏伟的寺院兼大学。四层高楼直刺入晴朗悠远的蓝天。周围是碧绿的流水，水里面开满了荷花。和煦的微风把荷香吹入我的鼻中。我仿佛看到上万人的和尚大学生，不远千里万里而来，其中有几位名扬国内外的大师，都峨冠博带，姿态肃穆，或登坛授业，或伏案著书。整个那烂陀寺远远超过今天的牛津、剑桥、巴黎、柏林等等著名的大学。梵呗之声遏云霄。檀香木的香烟缭绕檐际。夜间则灯烛辉煌，通宵达旦。节日则帝王驾临，慷慨布施。我眼前是一派堂皇富丽，雍容华贵的景象。

我仿佛看到玄奘大师住在崇高的四层楼上，吃着供大人米，出门则乘着大象。我甚至仿佛看到玄奘参加印度当时召开辩论大会的情况。他在辩论中出言锋利，如悬河泻水，使他那辩论的对手无所措手足，终至伏地认输。输掉的一方，甚至抽出宝剑，砍掉自己的脑袋。我仿佛看到玄奘参加戒日王举行的大会，他被奉为首座。原野上毡帐如云，象马如雨，兵卒多如恒河沙数，刀光剑影，上冲云霄。戒日王高踞在宝帐中的宝座上，玄奘就坐在他的身旁……

所有这一些幻象都是非常美妙动人的。但幻象毕竟是幻象，一转瞬间，就消逝了。书上描绘的那种豪华的景象早已荡然无存。我眼前看到的只是一片废墟。只有从地里挖掘出来的一些墙壁的残迹。"庭序别开，中分八院"，约略可以看出来。至于崇楼峻阁，则只能寻相于幻想中。如果借用旧诗词的话，那就是"西风残照，汉家陵阙"。

为了弥补幻想之不足，我们去参观了旁边的那烂陀展览馆。那是一座不算太大的楼房，里面陈列着一些从那烂陀遗址中挖掘出来的文物。还陈列着一些佛典，记得还有不少是从斯里兰卡送来的东西。所有这一切似乎也没能给我们留下多么深刻的印象，只有玄奘的影子好象总不肯离开我们。中国唐代的这一位高僧不远万里，九死一生，来到了印度，在那烂陀住了相当长的时间，攻读佛典和印度其他的一些古典。他受到了印度人民和帝王的极其优渥的礼遇。回国以后写成了名著《大唐西域记》。给当时的印度留下极其翔实的记载。至今被印度学者和全世界学者视为稀世珍宝。在印度人民中，一直到今天，玄奘这名字几乎是家喻户晓，妇孺皆知。对于这样一位高僧，我平常也是非常崇敬的。今天来到了印度，来到了他长期学习生活过的地方，抚今追昔，把当时印度人民对待玄奘的情况，同今天印度人民热情款待我们的情况联想起来，看到中印人民友谊的源远流长，我们心里一直热乎乎的。怀着这样的心情依依不舍地离开了那烂陀。回望那些废墟又陡然化成了崇楼峻阁，画栋雕梁，在我们眼里闪出异样的光芒。

我们从巴特那，乘坐印度空军的飞机，飞到菩提伽耶，在一个小小的比较简陋的飞机场上降落，好象没用了多少时间。

这里是佛教史上最著名的圣迹。根据古代佛典的记载，释迦牟尼看破红尘出家以后，曾到处游行，寻求大道。碰了许多钉子，一度修过苦行，饿得眼看就要活不了了，于是决定改弦更张，喝了一个村女献给他的粥，身体和精神都恢复了一下。最后来到菩提伽耶这个地方，坐在菩提树下，发下宏愿大誓：如果不成正道，就决不离开这个地方。

这个故事究竟可靠到什么程度，今天的佛教学者哪一个也不敢确证。我们来到这里参观访问，对这些传说都只能姑妄言之姑妄听之。我想，就让这个地方涂上一些神话的虹彩，又何尝不可呢？

我们来到紧靠金刚座大塔的后墙，就是那一棵闻名世界的菩提树。玄奘《大唐西域记》卷第八说：

金刚座上菩提树者，即毕钵罗之树也。昔佛在世，高数百尺，屡经残伐，犹高四五丈。佛坐其下成等正觉，因而谓之菩提树焉。茎干黄白，枝叶青翠，冬夏不凋，光鲜无变。每至如来涅槃之日，叶皆凋落，顷之复故。是日也，诸国君王，异方士俗，数千万众，不召而集，香水香乳，以溉以洗，于是奏音乐，列香花，灯炬继日，竞修供养。

我们眼前的菩提树大概也只高四五丈，同玄奘看到的差不多，至多不过有一二百年的寿命。从玄奘到现在，又已经历了一千多年。这一棵菩提树恐怕也又"屡经残伐"了。不过玄奘描绘的"茎干黄白，枝叶青翠，冬夏不凋，光鲜无变"，今天依然如故。在虔诚的佛教徒眼中，这是一棵神树。他们

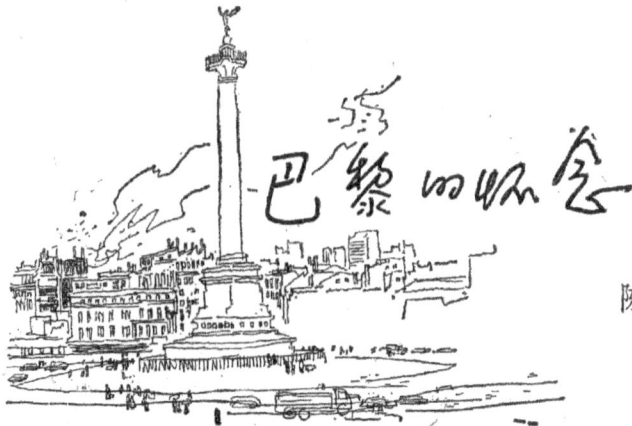

巴黎的怀念

陈乐民

我去过欧洲的不少地方，去的次数最多的是巴黎，对巴黎我最熟悉，也最有感情。

若问巴黎为什么会这样吸引我，似乎不难回答。这里的景物是壮观而迷人的：高入云端的是埃菲尔铁塔，巍峨雄浑的是凯旋门，庄严肃穆的是巴黎圣母院，落日余晖下的塞纳河自有其诗情画意，夜色降临后协和广场上星罗棋布的灯光令人眼花缭乱。

巴黎可以说是欧洲历史的一面镜子，它不乏举世驰名的古迹，到处都可以听到一些脍炙人口的典故。我曾不止一次地走过标志着法国资产阶级大革命的巴士底狱广场，凭吊过一世之雄的拿破仑一世的墓堂，绕过普法战争期间显示法兰西国威的铁铸雄狮。拉雪兹神甫公墓内"献给公社的死者"的纪念墙和保尔·莫洛·伏蒂安雕塑的巴黎公社战士群像高浮雕，自然是每到巴黎必去的地方。更不用说圣克鲁、凡尔赛等瑰丽的宫殿了，那里的向导可以绘声绘色地向你讲述王朝的盛衰荣辱、纵横捭阖、秘闻野史……

诚然，这里绚丽多彩的文化艺术也不能不使我着迷。只要你一走进卢浮宫，就立刻会有如入宝山之感，不会无所得的。多少人迷恋达·芬奇的杰作，画中人栩栩如生，呼之欲出，据说不管你站在哪个角度，她都在冲着你微笑。至于维纳斯女神，那更是后无来者的珍品，多少艺术家费尽匠心要给她把失去的两臂接起来，却都没有成功，终于觉得还是现在这个样子最完美。

巴黎的市景风物也是颇有风味的。钻进塞纳河畔的旧书摊，"俯仰四顾，无非书者"，使你想到陆放翁描绘的"书窠"；蒙马尔特高地的泰特尔广场每天早晨集拢来许多无名的画家，当场临池挥毫；到布洛尼森林散步可以一洗城市尘嚣，领略一下巴尔扎克、莫泊桑笔下的巴黎风光……这些，都是巴黎所特有的。

一个地方在我心里留下的印象，总是跟我当时特定的思绪相关联的，"感时花溅泪，恨别鸟惊心"么！五十年代我去巴黎时，照例地要去看看那些名胜，照例地要去瞻仰巴黎公社的最后一批革命者英勇牺牲的地方。可是后来不同了，随着我们伟大祖国的政治风云的变幻，再去巴黎时竟无心于那些百看不厌的胜景了。在那国是堪忧的日子里，巴黎自然而然地把我的忧心和切望同我内心深处最敬爱的人联系起来：这是他年轻时期居住过的地方啊。那一年他病得叫人心焦，我在巴黎就好象总是看见他，仿佛梧桐树下有他青年时期英姿勃发的身影，拉丁区街道上留着他奔波劳碌的足迹。我想，他在这里开始了他光辉的战斗生涯，巴黎能不挂念他么！

第二年的五月，在天安门广场一阵棍棒交加的血腥镇压之后，我带着一颗铅重的心、几滴悲愤的泪，因公暂别了我苦斗中的祖国人民，再次来到了他曾经学习、工作、战斗过的巴黎。那一次，我疾

一定会肃然起敬，说不定还要跪下，大磕其头。然而在我眼中，它只不过是一棵枝叶青翠、叶子肥绿的树，觉得它非常可喜可爱而已。

树下就是那有名的金刚座。据佛典上说，这个地方"贤劫初成，与土地俱起，据三千大千之中，下极金轮，上齐地际，金刚所成"，世界动摇，独此地不动，简直说得神乎其神。我们也有人，为了纪念，在地上拣起几片掉落下来的叶片。当时给我们驾驶飞机的一位印度空军军官，看到我们对树叶这样感兴趣，出于好心，走上前去，擎手抓往一条树枝，从上面把一串串的小树条折了下来，让我们

尽情地摘取树叶。他甚至自己摘落一些叶片，硬塞到我们手里。我们虽然知道这棵树的叶片是不能随便摘取的，但是这位军官的厚意难却，我们也只好每个人摘取几片，作为一个珍贵的纪念品。

正当我们参观的时候，突然从远处跑来了一个年老的中国妇女，看样子已经有七十多岁了。她没有削发，却自称是个尼姑。她自己说是湖北人，前清时候来到印度。详细的过程我没有听清楚，总之是，她来到了菩提伽耶，朝佛拜祖，在这里带发修行。印度的农民供给她食用之需，待她非常好。看样子她也不懂多少经文，好象连字都不认识。她缠

步跨进拉雪兹神甫公墓的大门，径直奔向我去过多次的巴黎公社社员墙。一起去的法国朋友看出了我内心压着的痛楚，对我说："在他逝世后的日子里，巴黎都悼念他、怀念他，数不清的巴黎人象条长龙来到这里寄托哀思。"这面墙曾是凡尔赛反革命势力屠杀革命者的见证，联想到不久前天安门广场上的血泊，我真想仰天一哭，但我克制住了，只是眼睛有些湿润。这一天我们还去了墓碑上刻着"英特纳雄奈尔"的欧仁·鲍狄埃墓。当天晚上，我和同行的Ｌ同志不能自己地相互倾诉对国是的感慨、悬念、激动和愤懑，直到对祸国殃民者指名道姓破口大骂，比之为杀人的凡尔赛反革命分子。骂得好痛快啊！那时的北京，空气凝结了，人们噤若寒蝉，几乎到了偶语弃市的程度，而我们却得以在万里之遥的巴黎略无顾忌地发泄积在心底的忧郁和仇恨，那不能不是一种奇特的、难得的慰藉，当然也不免有一种说不出的辛酸。这次的巴黎之行刻在我心上的印记特别深。

以后的几次到巴黎来，心情又不一样了。天安门广场毕竟不是拉雪兹神甫公墓。作为人类解放的曙光的巴黎公社被镇压下去了；中国革命在一场惊天动地的大搏斗中则获得了新生。巴黎好象是同我共过"患难"的知己，格外体会我当时的辽阔舒展的心境。于是，我又想到了他，特别想寻访他落过脚的地方。还在蓬皮杜总统访华时，他曾亲自说过他在意大利广场的附近住过，还说很想再去看看那个地方。当时，有些法国朋友已在开始搜集、整理勤工俭学的文物了，人们说他还在市镇郊区住过，还去过里昂和蒙塔吉……

一九七八年初冬季节，我第十次来到巴黎。经过反复调查、核对，法国朋友已经确实找到了他在一九二二年到一九二四年住过的地方。临离别巴黎的前夕，夜凉如水，我心中也特别舒畅、清新，我们驱车前往他的旧居所在地——意大利广场戈德弗鲁瓦大街十七号。那座小楼朴实无华，但对我说来却胜过那些雕梁画栋。我的思绪从他住过的斗室插翅飞腾出去，仿佛看到：他在为建立和发展党的旅欧总支部而奔走，他在同国家主义派、无政府主义者展开激烈的辩论；从这里，他走向雷诺汽车厂、利尔煤矿，足迹踏遍拉丁区、华工区；从这里，他领导勤工俭学的中国学生同北洋军阀政府的驻法公使馆进行声势浩大的斗争，指挥着向里昂中法大学的"进军"；从这里，一篇篇旅欧通信发回祖国……

巴黎记得他，怀念他。一位七、八十岁的老人还记得，早年在自己的隔壁曾住过一个和善的来自东方的青年，那样勤奋好学，常常一灯如豆，直到子夜，后来才知道这原来就是他！老人的神气似在念叨别久思深的亲人。一位知名的法国外交家颇有憾意地追忆，戴高乐将军直到辞职的前五天，还表示殷切地希望他旧地重游，再来一趟巴黎。然而，二十年代一别，巴黎再也不曾见过他。我有一位法国挚友，这些年发生在我国土地上的事情经常震动着他，因之和我们一起哀戚、愤怒和欢乐。那天晚上，这位朋友在戈德弗鲁瓦十七号门前深情地对我说："你们中国人一提起他的名字就感到无比亲切和自豪；我也是这样，每想到他，一种敬爱之情便油然而生。他是属于北京的，也是属于巴黎的。"今天，一块刻有"周恩来"三个大字的纪念牌已经挂在这座极平凡的小楼正墙上，让世世代代的人都知道这里曾纪录下他青年时代的音容笑貌。那将是永久的纪念。明年一月八日就是他离开我们的四周年了，但他无时无刻不在我们身边，继续以他整个的心和全部的血关怀和鼓舞着我们。他的光辉是不受时空限制的，日子愈久，照射的路便愈远，就愈加引人思念……

写到这里，你总可以理解为什么我对巴黎有这么深沉的感情。

题图：王书朋

着小脚，走路一瘸一拐地，却飞也似地冲着我们跑过来，直跑得上气不接下气。恐怕她已经好久没有看到祖国来的人了。她劈头第一句话就是："老爷们的行李下在哪个店里？"我乍听之下，不禁心里一抖：她"不知秦汉，无论魏晋"。我们同她之间的距离已经大到无法想象的程度，我们好象已经不是同一个世纪的人物了。她对祖国的感情，对祖国来的亲人的感情看样子是非常浓厚的，但她无法表达。我们对她这样一个桃花源中的人物，也充满了同情。在离开祖国万里之外的异域看到这样一个人物，心里酸甜苦辣，什么滋味都有，但也无法表达出来。我脑海里翻腾出许许多多的问题：在现在这个世界上，怎么还能有她这样的人物呢？在过去漫长的四五十年中，她的生活是怎样过的呀！她不懂印度话，同印度人民怎样往来呀！她是住在茅庵里，还是大树上呀！她吃饭穿衣是怎样得来的呀？她形单影孤，心里想些什么呀？西天佛祖真能给她以安慰吗？如果我们现在告诉她祖国的情况，她能够理解吗？如此等等。面对着这样一个诚恳朴实又似乎有点痴呆的老年妇女，我们简直是无所措手足。唯一的办法就是给她一些卢比，期望她的余年过得更好一点，此外再也没有什么话可说了。她伸手接过我们给她的钱，又激动，又吃惊，又高兴，又悲哀，眼睛里涌出了泪水，说话声音也有些颤抖了。当我们的汽车开动时，她拖着那一双小脚一瘸一拐地跟在我们车后紧跑了一阵。我们从汽车的后窗里看到她的身影，眼睛里也不禁湿润起来……

题图：王志恒

蔷薇

许淇

屠格涅夫一篇散文诗中反复吟咏的一句，时常在我的心里踏着节拍回旋，英文是："How fair, how fresh, were the roses……"

"多么美丽，多么新鲜，这些蔷薇……"

于是，我的眼前仿佛映现一个穿白衬衫、蓝裤子的十三岁的少年，手拎提琴盒去上课。他走到市郊一所围着篱笆的独家院，篱笆上爬满了蔷薇——那种又叫做十姊妹的花：有粉白、杏黄、银朱、紫红，繁星似的密密点点，在枝头艳耀着。正当江南五月暮春时节的一个星期日的下午，炎热的空气里弥漫着浓郁的夹带着丝丝甜味儿的花香。少年敲几下门，一会儿，一个和他年龄相仿的小姑娘来开门了，清澈的泉水般的声音响起来了："快进来吧！爸爸正等着你哩！今天下午没客人。"小姑娘双手在脑后掠着刚洗过的头发，温润滋泽，犹如含露的蔷薇花瓣，蕴藉着一股甜甜丝丝的香味儿。少年拘谨地跟着小姑娘进屋。不久，洞开的窗扉传出两把提琴的齐奏：玛扎斯练习曲中的一段。一个声音追逐着一个声音，吃力地顽强地锲而不舍地反复了一遍又一遍。停！显然是老师在纠正他（她）们的弓法指法，半晌，又开始了单调的重复……

琴声消歇以后，少年象经过一场精疲力尽的搏斗，汗涔涔地依然夹着他的提琴盒回去。小姑娘送他出院门。她顺手从篱笆上的十姊妹中挑选了一朵最红的，在门口追上他，附着他的耳朵说悄悄话："我爸爸很喜欢你，说你乐感比我强，将来比我出息哩……给！"说着，将花枝插进少年白衬衫的口袋里。小姑娘回头张望了一下，飞快地在少年的额头一吻，然后，"砰"的把园门关上了。少年的心狂跳着，眼睛离不开胸前的红花，只觉得花是那样

地妖娆、鲜妍、芳菲……

"多么美丽，多么新鲜，这些蔷薇……"

篱笆上的十姊妹开了又谢，谢了又开。二十世纪六十年代度过了一半。少年十九岁了，早熟、敏感而又聪明。他依然拎着提琴盒沿着这条他往返的脚步踩出的小路，到那熟悉的"蔷薇园"去（现在他这样称呼那地方）。他摹拟杜鹃的叫声：咕咕！咕咕！门开了，长大了的小姑娘，象往昔一样等待着他。不，不一样了，她的微笑，她的羞怯，她的颀长的脖颈，她的圆润的双臂，细瓷磨就般光洁；她裹在天蓝色衣裙里的苗条的身躯，象一尊均匀的双耳古瓶，象月光下大理石砌的喷泉；她还是和小姑娘时一样喜欢裸足，在园子里种菜浇花，在屋子里刷洗地板，她的赤裸的脚好似一对白鸽扑地而飞。

"进来吧！爸有事出去了……"他走向多年来属于他的屋角，站到乐谱架前，开始练琴。如今只有他自个儿学琴了，老师放弃了教唯一的爱女，专下功夫培育这个非亲非故的学生。

刹那间，提琴、手指和弓弦成为他心灵的延伸。裴多芬的《热情奏鸣曲》之外，还灌注着他的热情——一个东方青年特有的内含的热情。热情的骤雨在屋内外滂沱倾泻。她乌黑的眸子和鬓边的红花相映燃烧，红潮从两颊一直扩展到耳根。篱笆上盛开的花朵也仿佛在承受甘霖激动得颤摇……

"多么美丽，多么新鲜，这些蔷薇……"

风暴起来了！这是一场从未有过的强劲的风暴……。他刚毕业，正赶上加入学校红卫兵。他轻易地完全否定过去，"争当"一名"彻头彻尾"的"革命派"！什么赫曼、开塞、玛扎斯、克勒塞……这些洋鬼子编的洋教材，统统付之一炬，见他妈的鬼！唯有提琴他还没舍得砸烂，除了上街宣传伴奏语录歌，就让它哑在一边。

连日来，音乐学院定老师为"反动权威"，已经批斗、隔离，还在逐日升级。她自然成为"铁杆"的"黑崽"。莫责备他是负义之辈，他其实一时狂热，"立场"远不够"坚定"，并未能忘情于蔷薇园，只是目前无暇顾及。

一个风雨如磐的深夜，他梦见她来告别。她一身黑，宛如幽灵，她悽怆的神色、哀悯的眼睛，深深地刺痛他的心。忽然，她被旋风卷走了。他紧紧追赶。她鼓胀的衣角吹起了翅膀似的帆；飘举的黑发，化作一缕轻烟；他抓了一把，搂着的竟是虚无……他哭醒来了，只听得户外风声雨声，分明夹杂着神秘又幽深的杜鹃的鸣啼。他霍地跳下床，透过泪泉和雨帘垂挂的玻璃窗，隐约看见一个朦胧的人影，欲喊无声，向他伸出手臂。他穿衣、下楼、开

门，仿佛落地的雨的泡沫，消失了，什么也不见。难道这只是梦的继续？他疑惑着一夜不眠。

第二天清早，他下定决心，重新拎着提琴盒，走上通市郊的他那熟稔的小路，小路呵，泥泞，坎坷！他高一脚，低一脚，最后竟至小跑步，待赶到门口，劈面撞见门上交叉的封条，封条上写的日期正是昨天。他怅然若失，绕着篱笆墙，轻轻呼喊她的名字。一夜风雨，竟吹塌了篱笆一角，满枝的十姊妹委于泥涂，就如他此刻的心……

"他的心，悄悄地悄悄地、有个虫儿在蛀……"*

在风暴的海上，在人生的大洋里，遇难的船在期待顽强搏击的舟子，多少回分崩离析，多少回生死浮沉，终于到达光荣的彼岸。十年过去了！十年中没有老师和她的消息。他也在不久奔赴遥远的边疆插队，以后抽调上大学，以后又被说成搞"右倾复辟"而开除学籍，以后呢？一个地区文工团的领导冒着政治风险，吸收他到乐队当一名提琴手。沉到生活的深处，接触土地和人民，使他获得音乐的灵魂，后五年，他重新拣起哑了的提琴，日以继夜磨炼出精湛的技巧，充实那音乐灵魂的肉体；于是，一个成熟了的音乐新人诞生了，在祖国第二次解放的春天。

他缓步走向S市大剧场的舞台脚灯前。这个有希望的青年提琴独奏家，在演奏了柏格尼尼、《梁祝》以后，演奏一支自己创作的曲子，叫做《江南春》。他特地请报幕的同志念出它的副标题——献给我的老师史霖。

当弓儿轻触到琴弦的一刹那，他就象被早绿的微风吹送，升起扬子江的白帆，驶进港汊缩错的河湾。瓜洲埠头的夜泊。姑苏台上的新月。苏南的子夜歌、竹枝词、俚谣的变调。一双裸足不停地踏着水车，车起清流，汩汩地绕过竹林，润泽江南的田野。绿竹荫里，小巷深处，传来神秘的杜鹃时远时近的呼喊……啊！江南记忆的春天，无处不盈溢了芳草、杜鹃、蔷薇园、第一个老师和她的恋情。

无意间，他向黑压压的观众厅一瞥，忽然瞥见楼上前排谁的手里拿一束蔷薇，多么熟悉的十姊妹呵！是刚从那篱笆上摘下来的吧？他的心尖和弓弦一起颤栗了。即刻，黑暗的大厅隐退了，热带落日般壮丽的光灿灿的蔷薇园，每一朵都是她珍珠样闪耀的眼睛。最后的休止符里，奔雷似的掌鸣泛起红潮，淹没了整个剧场。他谢幕三次，故意昂头向楼座顾盼，一朵最红的，肖似当年小姑娘插在少年胸前的那朵花，扩大，逐渐扩大，犹如伤口。摇，摇，摇离花束，空中成一根抛物线，掉落入记忆的深渊。

等音乐会结束，观众散尽以后，他躲别人，寻到楼座底下的过道，发现那朵掉落的蔷薇还在，居然没有被践踏；他拣起来，压在胸前，独坐空旷的大厅的角落，默想了很久……

当他回到后台，同志们都去吃夜宵了，留下整理道具的交给他一束蔷薇和一封信，说是一位陌生的女同志送来的。他迫不及待地拆开，手和嘴唇哆嗦着，读那封信：

十二年前，我们被遣返回乡，爸不让我向你告别，怕连累你。第二年，可怜的爸爸含恨死去了。我，我还活着，等待着，这一天……

薇

他一手拎提琴，一手小心地护着蔷薇，闯进深夜的阒无一人的大街，漫无目的地奔跑，仿佛她就在前面等着他。他一定要找到她。

"多么美丽，多么新鲜，这些蔷薇……"

艰苦的构思

刘庆涛

---
* 出自德国女诗人赛德尔《白玫瑰》诗中的一句。见《沫若译诗集》。

汉│唐
气│魄

鲍 昌

从前，即是在两千年前的汉朝或一千多年前的唐朝，倘有那异域殊方的客人来到帝国的京城长安，他们看到的是一座金城万雉、周池成渊的雄伟帝都，那真是"人不得顾，车不得旋，阗城溢郭，旁流百廛，红光四合，烟云相连。"远方的客人会由此而啧啧称羡，因为他们看到了一个前所未有的、独具特色的文明。

这并不奇怪。在它们所处的时代，汉、唐帝国乃是人文荟萃的奥区，是幅员广袤的大国；一句话，它们是当时世界上最伟大的国家。

伟大的国家，自有一种伟大的气魄。一九二五年，鲁迅在抚摸一枚汉代铜镜时感慨说："汉唐虽然有边患，但魄力究竟雄大"。鲁迅早就看出：在中国文化史上，有过"汉唐气魄"这种现象。所谓"汉唐气魄"，我以为其表现之一就是鲁迅所说的那种对外族文化的敏于探求、勇于吸收的态度。"凡取用外来事物的时候，就如将被俘来一样，自由驱使，绝不介怀。"这种精神，展示了中华民族的伟大胸襟。

绝不能说，汉、唐帝国同邻人之间没有产生过麻烦。不，那时干戈碰击的声音是常有的。但在战争动乱的同时，却同外族人进行了令人眼花缭乱的交往。汉武帝亲发诏书要沟通"四海"，张骞通了西域。于是，葱岭南北的两条丝绸之路打通了。人们从中亚运来了葡萄、苜蓿、胡桃、芝麻和黄瓜，也运来了大宛的汗血马和安息的狮子。同时还打通了南方的瘴疠之地，使人们看到了交趾来的大象和鹦鹉。眼界在打开，视野在扩大。中国发现了世界（实际上是亚、欧、非洲），世界也发现了中国。

唐朝的情形更为可观。唐太宗有一首诗："之罘思汉帝，碣石想秦皇"，他具有要超迈秦皇汉武的更为恢宏的气魄。当他的国家受到外族（如突厥）侵扰时，他就以刀剑抗击；而一旦战争结束，他宁愿进行和平的交往。唐帝国完全对外开放，外国人可以自由来往，自由地留学、经商、定居甚至

做官。有唐一代，仅日本就遣使十余次，每次多达数百人。朝鲜人在唐朝参加科举，大食人李彦升进士及第；撒马尔罕来的唐萨陀成了画家，布哈拉来的米嘉荣成了歌手；晚唐的词人李珣，是"土生波斯"的，而在唐朝做了大官的日本人阿部仲麻吕（晁衡），与李白、王维结下了动人的友谊。那时，长安西市集中了许多西域人，或是腰缠万贯的珠宝商，或是卖胡饼的"穷波斯"。长安的游侠少年，文人墨客，经常到胡姬的酒店中畅饮。"胡姬貌如花，当垆笑春风。笑春风，舞罗衣，君今不醉将安归？"李白就在那里醉过酒的。

这就是汉唐两代同外族的经济与文化交往。既然是交往，那就是有来有往。汉人不只是从西域带回来扁豆和胡萝卜，他们也把中国的桃、梨乃至先进的冶铁、凿井、农具制造技术带过去，更别说举世闻名的丝织品了，那简直使西方人着了迷。罗马共和国末期，贵族妇女以获得一块中国丝绸为最大荣耀，凯撒大将因为披了一件中国绸袍，被人攻讦为"富豪"。在唐代，它敞开口让外国人来留学。唐人把造纸技术传给中亚，把建筑技术传给缅甸，向朝鲜送去白居易的诗和张鷟的小说，向越南送去了雨伞和木梳。最有意思的是，唐代高僧玄奘从印度取来佛经，回国以后，没有忘记把《道德经》译成梵文来作为报答。

这就叫"投我以木桃，报之以琼瑶"——此种并不保守而肯于助人的态度，也是"汉唐气魄"的表现之一。

经济和文化的交往，"木桃"与"琼瑶"的结合，其结果是双方都得到沾益，都使自己的经济文化发展一步。张骞通西域后，汉代的杂技便出现了"吞刀吐火，植瓜种树"一类的新奇节目；汉代石雕上也出现了非洲狮子的图像。在唐代，若不是由于文化交流，怎能使吴道子的绘画受到凹凸画法的影响？怎能产生包括天竺、高丽、龟兹、安国、疏勒、高昌等国音乐在内的"十部乐"？怎能有唐朝诗人多次歌咏的胡腾、胡旋、柘枝舞蹈？又怎能有了具有中亚风味的海马葡萄图案的铜镜？

由此可见，民族间的经济文化交往，总会给双方都带来好处的。因为第一，交往的双方都是有选择的，都选择自己需要的、对自己有益的东西；第二，交流一达到了民族的规模，那么，交流来的东西必然要包括外族文化中的精华部分；第三，交流一般是采取和平方式的，它排除了武力胁迫的因素，能使对方比较自然地拿出自己优秀的东西来；第四，更为重要的一点是，从外族交流来的好东西，同时就是对本民族旧东西的批判和扬弃。我们可以举一个乐器方面的例子：上古时期中国的乐器，不外是钟、磬、琴、瑟、埙一类，份量多很沉

重，因此只能在庙堂演奏，群众性是很差的。秦汉以后，从外地传进来琵琶、胡笳、觱篥等乐器，音域宽广，音色变化丰富，而且携带方便，于是它们便"喧宾夺主"，竟把钟磬等淘汰了。我们应当承认这是一个进步，但这是通过文化交流而产生的。

当然，我们今天应当对"汉唐气魄"进行阶级分析。无庸讳言，象汉武帝、唐太宗这些英明君主，他们的阶级本质虽是要剥削、压迫人的，但他们刚从秦末、隋末的农民大起义中夺取了政权，头脑不得不清醒一些，其比较"开明"的措施之一就是在一定程度上适应了民族间进行经济文化交流的趋势。如果从民族的主体即广大的劳动人民来说，那正如列宁所说："民族之间各种联系的发展和日益频繁，民族壁垒的破坏，资本、一般经济生活、政治、科学等等的国际统一的形成"，乃是各民族天生就有的一种"历史趋向"（《列宁全集》第二十卷，第10页）。这种历史趋向，主要是由劳动人民体现出来的。而归根结底，"各民族之间的相互关系取决于每一个民族的生产力、分工和内部交往的发展程度"（《马克思恩格斯全集》第一卷，第25页）。它是社会生产力发展的需要，因此它就有如春潮汹涌，难以遏阻。

有人或许问：为什么今天要重新提起"汉唐气魄"这个话题呢？抚思往昔，发发思古之幽情吗？缅怀史迹，陶醉于已逝的盛况吗？否，厚古薄今，非我所取；鉴古知今，理所应该。历史是一面镜子，从"汉唐气魄"这页历史中，我们能认识一条严酷的真理：中华民族苟要在世界上生存、温饱和发展，那就要面向世界，把外国的一切好东西学到手。不然的话，你就难免蹈西太后的覆辙：她是连在宫里安装电灯都反对的，结果呢？当八国联军攻进北京时，她不得不乘骡车向口外逃难。

汉唐的雄伟气魄和晚清的禾黍之悲，真是个鲜明的对比。青史茫茫，它们本是很好的殷鉴。不幸的是，直到本世纪七十年代，林彪、"四人帮"一伙还步步西太后之后尘，闭关锁国，夜郎自大，而他们造成了怎样惊人的历史倒退，那是人所共知的了。

在奔向四个现代化的新长征中，我希望人们好好来研究一下"汉唐气魄"这个命题；不，我们应当形成一种远远超过汉、唐帝国的更加雄伟的气魄。展开怀抱，去吐纳世界的风云吧！

大 题 小 做
秋 耘

真理和异端

当某一真理刚出现的时候，常常被目为异端。当异端一朝权在手的时候，又何尝不自居为真理。相传中国古代的典籍传至天竺，释迦牟尼嗅之以鼻后笑道："辨是非而已！"莫说"辨是非而已"，其实能够真正明辨是非，很不容易。

"无是非之心，非人也。"中国人历来是有是非之心的，这正是中华民族希望之所在。生活在一个大动荡的时代里，有是非之心是很不容易的。要把是非之心放在个人利害之心之上，就更不容易。

张志新烈士之所以难能可贵，就在于她在林彪、"四人帮"当道、人妖颠倒、是非混淆的时刻，能够明辨大是大非，而且誓死坚持自己的是非标准。然而在当时，她不正是被目为最危险的"异端分子"么？

光明与黑暗

十九世纪英国批判现实主义作家狄更司在他的长篇小说《双城记》的开头写下了一段话：

> 这是最好的时候，这是最坏的时候；这是智慧的年代，这是愚蠢的年代；这是信仰的时期，这是怀疑的时期；这是光明的季节，这是黑暗的季节；这是希望之春，这是失望之冬，人们前面有着各样事物，人们前面一无所有；人们正在直登天堂，人们正在直下地狱……

我常常痛苦地沉思：狄更司这段意味深长的话，和我们这一代人所经历过的时代是颇有点相似的。我们经历过到处莺歌燕舞的大治之年，我们也经历过史无前例、骇人听闻的浩劫；我们分享过胜利的欢欣，我们也抵受过摧心的痛楚。

我想，假如有一部作品能够以艺术形式真实地再现出这个时代的风貌和特征，它的惊心动魄的程度恐怕也不下于甚至远超过《双城记》吧！可惜我们现在还没有这样一部作品；或者已经有了，而我们还无缘得见。

走向反面

人，有时是很容易走向反面的。每到功成名遂、身居高位之后，却往往会背弃自己早年坚信不渝的主义。有时口头上并不反对，但行动上却反其道而行之。

郑板桥有一首诗说得很好：

历览名臣与佞臣，
读书同慕古贤人。
乌纱略戴心情改，
黄阁旋登面目新。……

郑板桥：《历览》

这种变化似乎不仅限于封建士大夫，就拿革命志士来说，当年奋不顾身，赴汤蹈火，为推翻反动专制统治、打倒邪恶势力英勇斗争，而"一阔脸就变"者恐怕也不乏其人吧！当年宣誓为共产主义奋斗终身，南征北战，出生入死，今天却躺在"革命"的功劳簿上，夜夜梦魂萦绕"特权"的，恐怕也是不难找到的吧！安娜·路易斯·斯特朗在《斯大林时代》一书中写道："权力是会腐蚀人的"。可谓一语破的，说穿了人为什么会走向反面的奥秘。

被敌人的糖衣炮弹打中了，固然会蜕化变质。被权力欲和特权思想腐蚀了，恐怕也同样会蜕化变质。安娜·路易斯·斯特朗这句名言，是值得每个革命者深思、并且引为座右铭的。

从长城说到秦始皇

王昌定

到长城起点的山海关已是第二次了，第一次在二十年前，同属夏末秋初的季节。二十年前留下来的唯一一点纪念，是在贞女祠内望夫石上拍下的一张照片。贞女祠，就是通常所说的孟姜女庙；望夫石，就是当年孟姜女寻找修筑万里长城的丈夫时踏过的一块石头。如果孟姜女确有其人，而她万里寻夫的传说又是真实可信的，那么，她踏上望夫石，居高临下，举目四望，在焦虑中寻找亲人的神态，一定是很动人的。我那张照片就没有多少道理了，我站在一块大石头上望什么呢？望天上的白云？望远处的大海？总之是有点莫名其妙，摄影留念罢了。

然而，我毕竟从这时开始接触了长城，对于古代人民的不朽杰作有了最初的印象，并产生了由衷的敬意。这以后，我看到长城的机会便多了起来，在民族英雄戚继光练兵的西下营，在中外驰名的八达岭、居庸关，都曾经留下我的足迹。去年秋天，

我更有幸在西北之行时，爬上长城尽头嘉峪关的城楼。从山海关到嘉峪关，说是万里未必那么确切，但总该是接近的吧。山势连绵，蜿蜒起伏，忽临绝壁，忽降深谷，从战国的燕代起直到明清，勤劳勇敢的中国人民就这样一块砖一块砖地在高山峻岭上修造起这么一座雄伟建筑，怎能不让全世界视作奇迹，叹为观止呢？

提起长城，一般人总喜欢把它和秦始皇联系在一起，或毁或誉，莫衷一是。其实，把千秋功罪一股脑儿放在立志"万世为君"的始皇帝身上是并不确切的。早在这位雄才大略的皇帝之前数百年，燕国就已经开始依山修筑长城了，今日的山海关，当年也正是燕地。而远在这位皇帝约两千年后，明代也还不断对长城修修补补，以抗清兵。可见这是封建社会上下两千年的防御措施，功不在个人，罪亦似乎不能完全归于个人。但人们提起万里长城来，总还是习惯于拉扯上秦始皇，这大约因为他比起别的帝王更有代表性吧！

奇怪的是，这位代表的身后，却是历尽了荣辱：忽而被捧上九天，忽而又被贬入重泉。在同一个人的身上，那批评的尺度，竟到了如此悬殊迥异的地步。古人的评论就不去说它了，单说眼前吧！那万里寻夫的孟姜女，在短短十几年的时间里，就因为对秦始皇的评价起了根本变化，一度在香烟缭绕、万民瞻仰中失去了栖身之所。真可谓一语褒贬，祸福及于泥胎了。不是吗，文化大革命前，由于孟姜女用她备历艰辛的寻夫，控诉了秦始皇的残暴（这是他的一面，他还有统一中国的功绩一面），因而赢得人们的同情，给她塑下金身以示纪念；但自从"四人帮"把秦始皇封为可为万世楷模的"法家"皇帝，孟姜女就只好遭殃了，"造反"造到了她的头上，庙宇毁坏，塑像无存；怎么能让一个哭哭啼啼的小娘们给至高无上的法家皇帝抹黑呢？

这，说来似乎有点好笑，但它却是形而上学猖獗的真实写照。无论什么事物，都只能是一，不能是二，好就是绝对的好，坏就是绝对的坏。其实，按照马列主义、毛泽东思想的观点，任何事物都应当一分为二，不但封建时代的帝王，就是伟大的无产阶级领袖，也不免既有丰功伟绩，又有缺点错误。把古人或今人神化，或用错误否定其功绩，都是不符合唯物辩证法的。其结果，不但本人忽高忽低忽上忽下，若随风飘舞的风筝，连类似孟姜女一类的人物也只好跟着受牵连了。

实事求是，尊重历史，好就说好，坏就说坏，不扩大，不缩小，不搞株连九族，也不搞鸡犬升天。——千秋功罪，理当如此评说。

花

叶永烈

人们爱花。意大利著名诗人但丁在《神曲》一诗中，曾这样写道：

> 我向前走去，但我一看到花，
> 脚步就慢下来了。

苏东坡也是一个爱花的人，他甚至于：

> 只恐夜深花睡去，
> 故烧高烛照红妆。

那位苏州著名的作家周瘦鹃，更甚于但丁和苏东坡，自称是"花草的奴隶"。他写过一本书《花花草草》，在"前记"里这么写道：

> 古诗人曾有"一年无事为花忙"之句，而我却即使有事，也依然要设法分出时间来，为花而忙的。有时甚至忙得过了头，废寝忘食，影响了健康，这不仅仅是寻常的爱好，简直是做了花草的奴隶了。

呵，人们确实爱花：在花间漫步，心旷神怡；献上一束鲜花，表示友谊；在发辫中插一朵花，觉得更加美丽，可谓"锦上添花"；而在电影《花为媒》里，那花居然当起牵红线的月下老人了……

人们之所以爱花，是爱花的艳丽，爱花的芳香。

"春城无处不飞花"。春天，到田野上瞧瞧，大自然是多么艳丽多彩：黄橙橙的迎春花，粉红色的桃花，紫红色的紫荆，浅红色的樱花，淡蓝色的喇叭花……百花齐放，赛丽争艳，五光十色，炫姿耀彩！不论是山楂花和杜鹃花浓烈的色彩，还是水仙花和兰花淡雅的打扮，都别有风味，令人陶醉。

尽管大自然把自己打扮得如此色彩缤纷，"万紫千红总是春"，然而，大自然对于人类却是非常吝啬的！在古代，人们为了使自己的衣服能象花儿一样富有色彩，不得不仰仗于大自然的鼻息：从木兰属植物的叶子和墨西哥的蓝檀树里提取一丁点儿蓝色的染料；从海蜗牛、胭脂虫、茜草里提取一丁点儿红色染料；紫色染料是一种地衣类植物中提取的，棕色染料来自热带的含羞草和合金欢，而黄色染料是用古巴的黄檀木作原料提炼而得的。

在欧洲，那时候腓尼基人为了取得一丁点儿紫色的染料，不得不潜入地中海的深水底下去采集海螺。从八千个海螺中得到的紫色染料，还不够染一件衣服！正因为这种紫色染料非常珍贵，古代罗马的法律便明文规定："只有大官贵族才能穿紫色的衣服。别的罗马人如果穿紫色衣服，就要处以死刑。"其实，这个规定是白白浪费了笔墨，因为在那时，贫民们谁有钱买得起那价值连城的紫色染料？人们把这种紫色染料称为"帝王紫"。无独有偶，在中国古代，紫色染料也是异常昂贵。人们从紫草中提取为数极少的紫色染料。在那时的齐国，用五匹素绸去换一匹紫绸，都不易换到。帝王将相们为了显示自己的富贵，纷纷用紫绸做衣服，这便是所谓"满朝朱紫贵"。

自从人们在化学家的帮助下，创造了人造染料，这才把大自然那"只此一家，别无分店"的特权打破了。人们"化腐朽为神奇"，用又黑又稠又臭的煤焦油作原料，制成了五颜六色的人造染料。

有一次，我到染料厂去采访。本来准备上午到一车间去，下午到二、三车间去。由于采访很顺利，我在上午除了到一车间外，还完成了二车间的采访任务。吃中饭的时候，厂长一见我，就说："你到二车间去过了吧？"我感到很吃惊。厂长笑了笑说："我们这里，一见面，就知道你是哪个车间的。你瞧，那边走过来的工人是一车间的，他的口罩是红色的，脸上、手上也有点红；这个工人是二车间的，他的口罩、脸、手是绿色的……"我低头翻起挂在胸前的口罩，见有红也有绿，怪不得叫厂长一眼就看出来了。自从知道这个窍门之后，我也学会了一眼就看出谁是哪个车间的：三车间的是蓝色的，四车间的是黄色的……因为每一个车间生产一种颜色的染料，很容易辨别。

在下午结束采访的时候，我跟工人们一起去洗澡。真有趣，当热水一淋到头上，突然从头发间流出五颜六色的水！厂长笑着告诉我一个小故事："德国有个著名的染料专家叫做费歇尔。有一次，他到一个浴池去洗澡。没一会儿，就听见好多人在埋怨澡塘里的水太脏了，简直成了黄绿色的了。费歇尔低头细看，大吃一惊，原来是他在闯祸！因为他正在研究一种染色力极强的黄绿色染料，头发沾上了一点，谁知这一丁点儿染料竟使整个浴池的水都变色了！"

我洗了好久，才算洗干净了。我这才明白：用

访花记

姜德明

一九五八年暮春三月，郭沫若同志开始写他的组诗《百花齐放》。

面对人民群众意气风发的精神状态，诗人的创作冲动愈加强烈。那些日子，郭老思想的翅膀飞翔四方，一朵朵鲜花开放在他心里，他情不自禁地要引吭而歌。

自然界的花朵是美丽的，人民的战斗生活更美好。郭老毕竟不是单纯地歌颂自然界的花，他把全部热情献给了正在社会主义道路上前进的人们。

这也是郭老创作生活中的一贯作风了，一旦构思成熟，他就下笔万言，倚马可待。一百朵花只用了十天便写成功了。当四月上旬全部完稿的时候，他又特别多写了一首"其他一切花"，作为一百〇一朵花。这真是一个巧妙的设想。郭老说："我倒有点欢喜一〇一这个数字，因为它似乎象征一元复始，万象更新。这里有'既济、未济'的味道，完了又没有完。'百尺竿头更进一步'，这就意味着不断革命。"

郭老果然是一位热情奔放，才华横溢的诗人。但是，当他落笔之后，也不掩饰自己在某些方面知识的不足："我所熟悉的花不多，有的知其实而不知其名，有的知其名而不知其实，有的名实不相符，有的虽熟而并非深知（譬如问你：桃花是几瓣？恐怕有不少朋友不能顿时回答），所以有困难。"为了解决这个困难，他翻查了好些书籍，但光靠书本也不容易有实感。怎么办？他就走出家门，遍访百花，向生活学习，向一切有实践经验的人学习。郭老在《百花齐放》后记里写道："我还到天坛、中山公园、北海公园的园艺部去访问过。北京市内卖花的地方，我都去请过教。我在这里向他们表示谢意。"

对诗人的这种严肃的创作态度，我深有所感，因为我也亲历了一次由郭老带队的访花行。

那是四月上旬的一个万里无云的上午，一个值得回忆的日子。

报社编辑部为了使郭老的《百花齐放》给读者留下一个更完美的印象，约请了几位著名的木刻家为郭老的诗配插图。木刻家们都乐于承担这个任务，郭老知道了也很高兴，为了表达谢意，同时把创作组诗的想法谈谈，郭老想同大家见一面。于是，我们便陪同木刻家们一起来到郭老家。

那时郭老还住在西四附近，宽阔的外院里种了不少玉米，使我们一进大门便感到很别致。进到中院的客厅里，门边、墙角摆的是小小的石像和碑

人造染料染出的花布，比春天的花儿更加艳丽，然而，生产这些"人造彩虹"的工人们却是何等辛苦，在下班洗澡之前又是何等的脏。没有这脏，哪来如花似锦的彩色布匹？

花儿红，花儿香。"一树桂花十里香"。花香，沁人心脾，给人带来了愉快的感觉。然而，大自然千百年来，同样垄断着香的秘密。人们为了使自己的生活充满芳香，向花儿索取香料。花儿也是够吝啬的：保加利亚素称"玫瑰的山谷"，那里盛产玫瑰。人们摘下三百万朵玫瑰花，得到近四千公斤的玫瑰花瓣，却只能从中得到一公斤的玫瑰香油！保加利亚一年出产的玫瑰香油，用一辆载重三吨的普通卡车便可以全部运走！

人们又是在化学家的帮助下，揭开了香的秘密，学会用人工的方法，大量生产人造香料。制造人造香料的原料，居然又是那煤焦油。人们这样赞誉道："化学家把手伸进又黑又粘又臭的煤焦油，取出了彩虹般美丽的人造染料，取出了香气氤氲的人造香料。"

为了了解人造香料是怎么生产出来的，我来到香料厂采访。我想，香料厂是香料的大本营，在那里工作一定非常愉快。谁知到了那里，却不尽然：有

的车间里，居然臭气刺鼻！

这又是怎么回事呢？香料厂的工人告诉我："'花香不在多'嘛！大粪很臭，其中原因之一，就是由于它含有浓度较大的吲哚（念'引朵'）。然而，稀薄的吲哚却很香，是一种香料。我们常用的茉莉香精里，就掺有千分之一的吲哚！在我们香料厂里，除了有的香料浓度大反而臭之外，生产香料时的一些副产品，也常有各种各样难闻的气味。"

哦，我这才明白：为了给人们的生活增添芳香，香料厂工人们却要在难闻的气味中工作。

自从到染料厂、香料厂去采访之后，我每看到人们穿着色泽鲜艳的衣服，看到琳琅满目的呢绒、绸缎，闻到牙膏、香皂、糖果、香水、饼干、糕点散发的芳香，脑海里便浮现出那些辛勤劳动着的染料厂、香料厂的工人们。清洁工人们有句豪言说："宁愿一人脏，换来万人洁。"染料、香料厂的工人不也正是这样的吗？

我爱花，爱花的艳丽，爱花的芳香，我更爱那些用双手制造染料、香料的人们。

我的这篇《花》，算是一束小花，敬献给那些为四化而默默地、勤劳地工作着的人们！

刻。墙上挂着一幅很大的中国画，是傅抱石的人物画，那是抗战期间画家送给郭老夫妇的。身临这样的客室，一股历史和艺术的熏风便扑面而来了。

这次来看郭老的木刻家有李桦、力群、王琦、黄永玉、刘岘、李平凡等六位同志。一见郭老进来，大家都围了上去，王琦和力群同志还跟郭老说："我们在武汉三厅时是您的部下。"郭老连忙笑着说："咱们是同事喽。"

郭老向木刻家们谈到他在写百花的过程中，学到了不少知识，例如有很多花外形相似，是很容易弄混的。有些花的特性，他原来也茫然，经过查书才知道于人有益还是有害。郭老的话讲得很实在，即使在全稿完成之后，他还从我们人民日报图书馆借走一部《中国植物图谱》去研究。而且在发表之前，不断有所补正、修改。记得他的秘书王廷芳同志索去郭老改稿的信件，足有一叠厚。

郭老不时指着屋里有限的几盆花在讲解着，有时又望着窗外，指给大家看院子里的花。但是，木刻家们问到某种花时，郭老家里究竟不可能全有，他就打着手势一边形容，一边回答。这显然是很吃力的，而听的人也未必能了然，于是郭老思索了一下便说："今天上午我陪大家一起去公园吧，咱们边看边谈，如何？"

大家当然不反对，于是就浩浩荡荡地出发了。

中山公园里的游人并不多，四处都很幽静。那时正是牡丹开花的季节，我们先去看牡丹。这里的牡丹，有的少说也有几十年了，棵棵都开着丰满而艳丽的花朵。除了游人之外，我们看到几位女青年正在写生，其中还有一位老者同她们一起也在埋头写生。当老者偶然抬头看到郭老时，郭老也认出了他，两人同时叫了出来："郭老！""于非闇！你带着学生来写生吗？"郭老便把我们一一介绍给这位享有盛名的工笔花鸟画家，一边还说："于老画了一辈子牡丹，现在还象学生似地出来写生。好，就请于先生给大家讲讲牡丹吧。"

于非闇先生也很谦虚，郭老还是逼他放下画夹讲了起来……接着，郭老领大家到花圃去。不久以前，他曾经到过那里，他在前边引路，还招呼着："于老也一起来。"

花圃在公园后面的僻静角落，游人都已止步。花工正在剪枝，郭老走上前去："我又来向你请教了。"花工连忙回答："不敢，不敢。"我们这批不速之客终于惊动了公园的有关人员，一位女园艺师闻声而至。她约模三十多岁，个子不高，看上去象是一位南方人，是在大学园艺系毕业的。在这么多陌生人面前，特别是在郭老面前，她有些拘谨，惟恐在这位大科学家面前讲错了什么。郭老看出来了，就有意让她多讲，自己站在一旁只简单地补充一两句。

我们在花圃里流连许久，善于学习的木刻家们有的还在小本上记些什么，或描画花形和枝叶。告别花圃的工人以后，女园艺师送我们出来，一起在公园里漫步，彼此似乎还有很多关于花的事要谈。郭老看了看表，王廷芳同志与他商量了几句便笑着向大伙说："快到吃饭的时候了，今天郭老请大家吃午饭，还可以边吃边谈。"郭老望着大伙说："于先生和女园艺师同志也要参加。"于非闇先生没有推辞，可是那位年青的女园艺师说什么也不肯。最后还是在跟领导打了招呼之后才同我们一起出发了。郭老特别请她和于非闇先生登上了自己的卧车。

郭老本来要请大家吃砂锅居，王廷芳同志建议去同和居，因为这儿环境好一点，可以畅谈。郭老是无可无不可的。入座的时候，郭老请女园艺师坐在旁边，另一边是于非闇先生。可是那位腼腆的女园艺师甘居下座。我们也看出来了，她越是把郭老看成大人物，郭老越是想办法要打消她这个念头，跟她很随便，非要邀她坐在一起，还幽默地说："你怕我吗？"木刻家们也动员她："你今天是老师，应该上坐。"在笑语声中，女园艺师终于坐了上座。菜很简单，也没有白酒，只有店家特意拿出的一种陈年黄酒。郭老向木刻家们敬了酒，又举杯冲着女园艺师和于非闇先生说："你们一位是辛勤的育花人，一位是画花的名手，应该敬你们一杯。"

在整个便饭席上，人们始终就没有离开花的话题。木刻家们借着这个绝好的机会，纷纷向诗人、国画家、园艺师求教。郭老组织的这次访花行，成为一次形式活泼气氛愉悦的调查研究活动。

细心的郭老，还让店家找来宣纸和笔墨，他请在场的每个人都签了名，然后由郭老写了两行字，把它送给那位至今我也没弄清她姓名的女园艺师。郭老对她说："留下作个纪念吧。"当女园艺师意外地接过这条宣纸时，我发现她很激动，双眼深情地凝望着和蔼的郭老。

六月底，《百花齐放》在报纸上连载完了，出版社先印了一种没有插图的单行本。书要赶在"七一"出版，在初版本有限的若干样书上，郭老又亲笔在扉页上题了几个鲜红的字："向七一党的生日献礼"。

过了一年，当国庆十周年的前夕，木刻家们精心刻制的插图本《百花齐放》就呈现在我们面前了。每当我翻开这本书的时候，一面吟诗，一面赏画，便很自然地想到那个难忘的春天，那次难忘的访花行。

尽管旧的时代已经过去，但当时许多习俗，却充满着诗情画意，留在我们的记忆之中。这些习俗，反映着古代中国人民的生活和劳动，也反映了他们的智慧和愿望。一部分甚至尖锐地反映着封建社会的阶级矛盾。通过人民丰富的想象，也产生了有关这些习俗的无数才华焕发的动人传说、故事、戏曲和诗篇。同时还告诉了我们：中国古代人民，是怎样地善于按照自己现实的情况，安排自己的生活，并使之丰富多采。

农历七月七日乞巧节，又称七夕或女儿节，就是其间的一例。

这一天，无论民间还是宫廷，女孩儿们都穿花衣，用凤仙花汁把无名指尖和小指染红，把自己打扮得很美丽。有的还仿效送子神摩喉罗的装束，用荷叶遮盖半臂，手里也拿着一张荷叶。内廷宫嫔，旧例从初一起，就要衣鹊桥补服，直穿到十四日。

节前几天，街坊上就开始卖节日果品了。这种特制的果品称"巧果"，是用面和糖、蜜做成，再用油煎脆的，花样奇巧，有的上面还堆花，有的样式就是带笑的娃娃（摩喉罗）。这都是供给节日互相馈送、敬牛郎织女双星、和孩儿们拜神前后食用的。也有的人家，让妇女各出心裁自制，来试看她们的巧拙。

摩喉罗（又作摩呵罗或磨喝乐），通常是用泥塑。也有木制、敷彩、加衣饰的。宫廷里最考究，宋朝就是用金、银、龙涎佛手香或象牙雕制。大的高三尺，全身装饰和所执戏具，都是珠宝做成。外有五色镂金纱罩厨。每年所造数量多到三百座，用以分赐群臣。同时，还在宫内设七巧山，由兵仗局进乞巧针。各宫又供像生牛郎织女，从人、麒麟、象、羚羊、海马、狮子、兔、海味、糖果、糖菜，都是用白糖浇的。

巧节（又称乞巧会）在晚间。孩儿们洒扫庭园或露台，陈瓜果、酒饵、香馔、燃香蜡，礼拜双星。有的还张挂《七夕牵牛织女图》，用青竹竿，戴绿荷叶，系于庭，以当承露盘；以西瓜雕刻成花，燃烛，谓之"瓜灯"。个别地区，还束藁为织女，首饰衣襦，仿时世装，名"七姐"，就庭设供。礼拜双星时，大家绕"七姐"拍手唱《乞巧曲》，向双星飞洒香粉。秋夜，天朗气清，星河耿耿，她们就在下面饮食作乐，谈牛郎织女故事和有关巧节遗闻。

主要是乞巧，乞求织女赐予智慧。在农历六

女儿节的故事

"七夕"风俗谈 阿英

月，先用井水浸豌豆或绿豆，闭之使不见天日，祗日一换水，叫作"泡巧"。到七夕，苗生约近尺，亭亭可爱，就用红纸条束苗腰，和清水盆一同放在庭园里。礼拜双星以后，孩子们各用手拗苗端数分，抛浮水上。经过轻寒夜露，使水面结成薄膜。到第二天日出前，如水底反映的苗影细长，形如针，就是织女已把智慧赐予了，粗短，就是没有得巧。又一说，女孩得花影，男孩得笔影，为得巧。还有一说，影散如花，动如云，细如线，粗如椎，是得巧，否则未得。简易的改豆苗为黍苗，削成针形投水中，或以金、银、鍮石为针。还有采用其它方式的，捉小蜘蛛放在盒里，看第二天是否结网，或结网疏密，或网是否圆正，来占得巧没有，有网、密结、或圆正，是得巧，这可能是较原始的形式。更神奇的，是说在夜阑更静的时候，偷偷地跑到古井边，或葡萄架下，屏息静听，能隐隐听到牛郎织女泣声的，就是得到了巧。至于宫廷习俗，却是以五彩丝穿九孔针，先穿完的为得巧，迟为输巧，叫做"丢针儿"。

再就要看双星渡河了，就是传说的牛郎织女一年一度的渡河相聚。据说织女是走着支援他们、有正义感的乌雀架的桥渡过的。因此，在七夕早晨，孩儿们看见喜鹊在飞，总说是"填桥去"。甚至遐想第二天见到的喜鹊，背上的毛都磨坏了，就是由于"架桥"。怎样算是渡河呢？说看到天河白气奕奕，光耀五色，就是织女在渡。这样情况，除非幸运儿，是看不到的。若看到时乘机下拜，求富、求寿、求子，可以得一样，但不能兼求，经过三年，就会得到。也有人说，织女渡河，天门大开，若在这时拾一块砖抛向天空，落下来就是金砖，也是乞富的意思。

孩儿们在庭园里等着双星渡河时，常常作这样的游戏，就是以蜡印凫、雁、水禽之类，浮盆水上戏耍，这些小玩意，也是这一节特制的。再就是捉蟋蟀，因为七月正是开始养蟋蟀的时候。所以王士祯《都门竹枝词》说："七月针楼看水痕，家家小妇拜天孙。明朝得巧抛针线，别买宣窑蟋蟀盆。""天孙"就是"织女"。

看天河还有另一种意义，就是天河显，这一年收成就好，粮价就低；晦，不好，粮价贵。有的地区，还合钱在这一晚做"青苗会"祈谷。因而在诗歌里，也有"天河司米价"之句。这也可以想见，有些人在七夕前几天，种麦于小瓦器里，为牵牛之

灵 脂 米

韦 野

有些中药的名字，起得十分奇特，别致，形象，往往给人留下很深的印象。报纸上有一则报道"灵脂米"的简讯，说"涞水县义和庄户养寒号鸟，名贵中药灵脂米产量大增……。"我看后就产生了浓厚兴趣，原来灵脂米是寒号鸟的产品。灵脂米又名五灵脂，因为稀少而且良效，被誉为灵脂。但寒号鸟是什么样子呢？

这种鸟是少有的。有个神奇的故事，说它原来没有羽毛，长得很干瘪，到了冬季就害怕寒风吹打，怪凄凉可怜的。百鸟怜悯它度日凄苦，决定各自送给它一根漂亮的羽毛，于是它就变得异常美丽了；可它由此骄傲起来，吹嘘自己的漂亮无与伦比。凤凰知道后与众鸟商定，各自把羽毛拔了回来。从此，它只剩下光秃秃的身子，冻得浑身哆嗦却懒得搭窝，今日冷就叫唤明日搭窝，可是明日天气暖了就又不搭窝了。它寒号无常，人们也不再可怜它。这显然是个有寓意的传说。但实际上它是否象传说中的那样懒呢，我怀着求知的心情，今年中秋跋山涉水，来到了寒号鸟的家乡。

这里是内长城紫荆关外的深山老峪。我们从公社出发，涉拒马河，又顺着蜿蜒曲折的河岸向上，进入一道山崖非常陡峭的山沟，足有十几里长。进沟正巧遇上养有寒号鸟的义和庄大队队长，急忙请他同车前往。

这条沟山峦起伏，葱笼繁茂，许多悬崖绝壁上还长着花草小树，好象进入壁垒秋色的画境。队长指着几十丈高的峭壁说："寒号鸟就住在这些山壁的石洞、石缝里，发现它是不容易的，只有经常注意观察，留心它的去向才便于找到它的窝。"这么一说，使同来的不曾见过寒号鸟的同志们更加感兴趣，提出了一连串的问题：这种鸟的飞翔有什么特点，什么形状，怎样捕获、饲养等等，你一言他一语地想问个明白。队长微笑着介绍说："这鸟并不灵巧，还有一个名字叫寒号虫，只会从上向下自由滑翔，而不能向上飞翔。它展翅飞的时候与众不同，咱们从下面看，活象一张铁锨头飘在天空。"那么，它上山的时候咋办呢？队长接着说："向上全靠爬行，跑得很快，人是追不上的。它住的地方和拉粪便的地方很固定，捕获时需要事前在它的窝门上放个木匣，等它被关押了再去捉拿。"看来这

神，说是"五生盆"，不是没有原因的。

巧节话题，以牛郎织女故事为最普遍。就所见到的材料，还有一种不通常的说法，就是织女嫁牛郎，并非偷嫁，是西王母允可的，言明聘钱两万。后来牛郎无力偿还，王母就派天兵天将把织女捉回，要她纺绩抵付。此外，就是谈董永故事，说仙女就是织女；谈七夕王母见汉武帝故事；谈李后主七月七日生，七月七日死故事，等等。

为着祝贺这一佳节，七夕前后，戏院还演出应时的牛郎织女嫁娶升天、老牛破车故事的《天河配》（《鹊桥会》），热闹的还带灯彩。也有的演《长生殿》《密誓》一折，唐明皇、杨贵妃故事，就是白居易《长恨歌》所写的："七月七日长生殿，夜半无人私语时"的情景。后来是连话剧也演了。

反映七夕的诗赋散文也很多。象六朝的沈约，还拟作了《织女赠牵牛诗》，王筠就拟了《牵牛答织女诗》，庾信、谢朓还都有《七夕赋》。最有名的，要推下面这首古诗：

迢迢牵牛星　皎皎河汉女
纤纤擢素手　扎扎弄机杼
终日不成章　涕泣零如雨
河汉清且浅　相去讵几许
盈盈一水间　脉脉不得语

是多么凄丽的悲剧。绘画、雕刻，也是自汉起，就有关于牛郎织女的制作。音乐方面反映，可考的至迟始于唐。文学、艺术各方面，都有极光辉的创造。

题图：侯 东

这篇文章是阿英同志生前未发表的遗作——编者

鸟确实异常，有自己独特的生活方式。我有意更详细地询问，车子已经到了山沟的尽头，马上可以亲眼看到寒号鸟了。

这个山庄有一百二十多户，八十多户养着寒号鸟，有的户养着十七、八只，正式饲养，有十来年历史了。每户都有一个象鸡窝一样的正面扎着棚栏的笼子，和鸡、鸭在院里同养。但终日关在窝里，不能放出来，不然就跑了。队长为了叫客人看个仔细，从笼子里掏出一只，抓着它的橙色双足给我们试作飞的表演。我立刻惊奇了，这哪里是鸟啊！这不是松鼠吗？好长好漂亮的尾巴，多么晶莹的眼珠，多么好看的黄褐毛色！我肯定地说，这是哺乳动物，四只足嘛。

"对，它不下蛋，是吃奶长大的。"年轻的支书抓过这只鸟热情地说，"可是它会飞，这是它区别于哺乳动物的特征，《本草纲目》把它列入了鸟部。其实它和蝙蝠有相似处，但蝙蝠的肉翅上没有毛，它的双翅上有温暖的皮毛。"说着支书把寒号鸟的双翅拉开让我们看。这翅膀是一层连接着前后脚的皮翅，虽大如方形扇却不灵活，这大概是它只能滑翔而不能飞翔的缘故吧？

我见笼子里放着许多苍翠绿的柏树叶，有只寒号鸟正在嚼食，象只小猴蹲着，前脚如同灵巧的双手，把柏叶送进嘴里。我们伸手逗它玩，它依然咀嚼，安然自若，十分可爱。主人说这鸟可不嘴馋，好吃柏叶，柏叶是四季长青，我们山上的野柏树叶可多得吃不完。有时，它也勉强能吃桑叶、榴梨叶。常吃柏树叶，它的粪便灵脂米质量就高，能保持一种独特的芳香。主人从笼子里掏出一把寒号鸟的粪，高兴地说："这就是大家要欣赏的灵脂米。"仔细看去，这鸟粪象一粒粒深绿色的豆子，散发着树脂的香味。一只鸟一个月产粪一斤多，国家收购价一元二角多一斤；一户养十八只，产二十来斤，每月就能收入二十四元多，怪不得社员们称赞这鸟是"金马驹"，"拉金尿银"的宝贝疙瘩！

"它的尿名叫灵脂块，是特效药，一斤两元多钱。不过，产量可不算高。"主人让我们看寒号鸟洒在木板上的尿液，浓度很高，已形成一层结晶状，宛如松香一样透明，味道清香持久。若不是主人介绍，谁能相信它竟是尿液。

这使我想到我国伟大的医学家李时珍，为发掘这些宝药时付出了怎样的心血！他何止是"远穷僻壤之产，险探仙箓之华"，若不亲尝此种粪便，怎能有病患者的福音？今天的社员们为了大量育成这种宝药也付出了创造性的劳动。过去，在冰山雪崖寻找灵脂米，有的人摔死了，有的人残废了，而得到的仅仅是几两、几钱，偶而捕获得一只寒号鸟，幻想着能养育繁殖而不必攀崖卖命，可是自身的糊口饭还难以得到，又哪里能养育它呢？结果是捕一

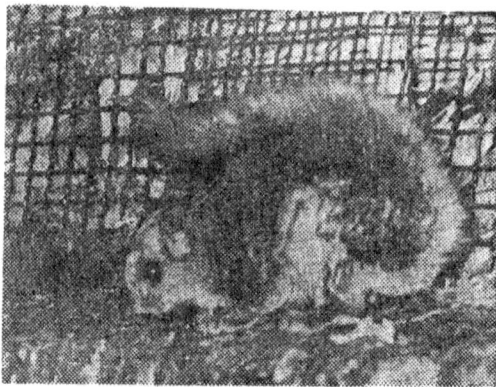

只死一只；而今天，寒号鸟已经变野生为家养，变低产为高产，变单产为复产了。有些户的寒号鸟开始繁殖，一胎生两三只。世上的任何事物都是可以认识的，李时珍能认识野生灵脂米的作用，今天的社员们更能自由地掌握和运用这一宝药的生产规律，这是时代变革的体现！

我询问社员们知道灵脂米的效用吗，有个四十多岁的社员是饲养寒号鸟的行家，饶有兴趣地给我背诵了一首中药歌："灵脂苦温归肝经，止血解痉镇疼痛；癫痫疝气肠风痢，经闭腹痛血漏崩。"他背诵十分熟练，还说《辞海》有记载："功能通利血脉、行瘀止痛。产于我国河北山西等省。"可见主人们不仅养药，对药的性能也十分熟识。

看完寒号鸟，我问队干部，"如此好的摇钱树，为什么过去得不到重视？"队长微笑着说："刮极左风，寒号鸟也倒了霉呀。四清时有的社员给寒号鸟搭了个笼子，让鸟迁居，这不是好事吗，可工作队说这是走资本主义道路，硬逼人把鸟放回山，鸟冻得够呛，人也写起检讨没个完。文化大革命中又有人提出这个问题，吓得谁还敢养呢！现在好了，解放了思想，再不怕棍子、帽子了。"人们听后不觉好笑，极左之风可真是一股寒风，寒号鸟有灵，也会来伸冤的啊！

现在，寒号鸟的房屋越来越升级了。社员陇有堂新盖了两间半平房，专让鸟住。我们走进屋子，一群寒号鸟从各自的葫芦小集里蹿出，活蹦乱跳，神气十足，真象公园里的毛猴，煞有介事地望着客人。它们把造好的灵脂米有规矩地放在主人备好的东西上，足有三、四十斤。屋里的吃、喝应有尽有，再也不必漫山遍野寻觅了。它们十分安闲，也十分勤劳，每天都为人们创造财富，而没有任何非分的要求。这不也是一种"吃青草，挤奶汁"的黄牛精神吗！

多么可爱的鸟呀，为什么传说故事里把它塑造得那样无义，那样懒惰呢？这是多么不公平！我赞美寒号鸟，也愿为之申明，难道不应恢复它的名誉吗？

文史新语

蒋 星 煜

岳坟铁像的历史

文痞姚文元之流常常欢喜用"反面教员"四个字。这也难怪，他们自身便是当代"杰出"的反面教员，从这个意义上说，倒不能责备他们忘本。

中国人自古就很重视"反面教员"的作用，所以在岳坟旁边，铸了通敌卖国、残害忠良的秦桧、王氏、张俊和万俟卨的铁像，让这四个千古罪人永远跪在那里被人谴责鞭挞。

《西湖民间故事》收录了一个故事，说明朝一个姓秦的巡抚把秦桧的铁像丢进西湖，第二天西湖之水就臭气冲天云云。这个故事当然也反映了人民群众的爱憎，未可厚非。

我想谈一谈岳坟前这四个铁像数百年来的变迁史。

岳飞父子被秦桧等谋杀以后不过十多年，宋孝宗即位后，替岳飞的冤狱平反昭雪；就在栖霞岭下埋了岳飞的遗骸，这就是现在的岳坟，不过规模远较现在为小罢了。那时候还没有铸秦桧等人的铁像。

明代正统年间于谦写了一首吟咏岳坟的诗，也未有一字提及铁像。

明代正德八年都指挥李隆做了秦桧、王氏、万俟卨三人赤身跪在岳坟之前的三个铜像，双手都是反绑着的。日子一长久，被游人敲打坏了。万历二十二年按察司副使范涞重新铸的铁像，并且增加了张俊。后来巡抚王汝训觉得王氏的丑态有失王氏家门的体面，就想动脑筋搬动王氏的铁像，又考虑这样做未免太露骨，于是把王氏和张俊的铁像同时丢进西湖。民间故事中秦姓巡抚沉秦桧铁像于西湖一事便是由此讹传而来的。

万历三十年，曾任浙江按察司副使的范涞又到浙江做布政使，看到铁像已经四缺其二，便把自己的俸银捐出来重新铸了这四个铁像，王汝训想隐蔽王氏的丑态的如意算盘全部落空了。

不知什么原因，人民群众对王氏的仇恨厌恶更甚于其他三个坏人，范涞重铸的王氏铁像曾被村民用铁棍子把头都敲了下来。

正因为明代正德以后，岳坟前已有秦桧诸人的铁像，所以诗人们游览岳坟时，也描写了人们对铁像鞭打痛击的情况。明代诗人叶映榴有诗如下：

百战英雄骨，东窗笑语中。

绣旗恩未断，丸蜡间先通。
铁像行人碟，王封史笔公。
我来瞻庙貌，洒泪拜孤忠。

对于秦桧诸人的私通金邦，也作了挞伐。

清代雍正年间浙江总督李卫上奏朝廷请求重铸，并且提出如果用好的铁去做卖国奸臣的像太抬举他们了，应该用没收来的"盗贼"的兵器重新熔化成铁，再做这铁像。朝廷准奏，由钱塘县知县负责办理的。李卫所写的《岳忠武王庙碑记》一文现在尚有流传，文中没有谈铁像的问题，上朝廷的奏疏则未能读到原文。

后来乾隆十二年布政使唐模、嘉庆七年巡抚阮元、同治四年布政使蒋益澧、光绪二十三年布政使张祖翼都曾重铸铁像。张祖翼有《岳墓重铸四铁像记》，文中说到：

益以人心义愤，积岁骂击，身首残弃，因命工叉范之，缚跪如前状，瘞奸回于既往，懔正气于人间，以告万世之为人臣者。

不仅描绘了铁像的形状，而且也把铁像的"反面教员"的作用说得一清二楚了。

张祖翼所铸的铁像曾一直保存到辛亥革命以后，我们在解放以后所看到的，也就是这张祖翼所铸的。

"四人帮"于一九六六年捣毁岳坟。他们祸国殃民的罪行和宋代的"四人帮"如出一辙，这样一做，他们政治面貌的丑恶、内心的惶恐也就更昭然若揭了。

然而，历史无情，"四人帮"好景不常，不久即被党中央粉碎了。不仅宋代"四人帮"的铁像已重铸示众；他们自己也将在全国人民面前公开受审了。

从李保童谈巡按御史

巡按御史官称是否精确？是否职权很大？是否级别很高？是否都是清正严明？如果单是从传统戏曲来看，好象很容易回答。以梅兰芳演出本《奇双会》为例：《三拉》一场，李保童念的引子是"奉命出朝，威名天下晓。"后面还有"大比之年进京求名，取中二甲进士，又蒙圣恩钦放山陕巡按"、"有善必旌，有恶必惩"等等自白。似乎他是钦差大臣，所到之处，颇有"地动山摇"的威势，而且执法如山。

如果按照历史的真实情况来看，则并非如此。

中国历史上各封建皇朝，都有监察机构和监察官员的设置，到了明代，这种制度就比较周密而分工也比较明确了。明代在首都北京和陪都南京都设立了都察院，这个机构由二品官左、右都御史，三品官副都御史，四、五品官佥都御史负责，下面有一大批监察御史，基本上以行政区域而分工，戏曲中除了《奇双会》的李保童是山陕巡抚之外，绝大部分都是八府巡按，事实监察御史所巡按的范围不一定这样大。

监察御史是常设官员，一定时期到所属的范围之内做些调查研究工作，也确有曾经私行察访的。监察御史分头出发，或者陆续回京，那时是十分平常的例行公事，并不是奉旨特派的钦差大臣。

再说监察御史一般的级别是七品，和知县一样大小，既非钦差，更非大臣。我们举明代宣德年间的苏州知府况钟和监察御史办交涉的有关事迹，最能说明问题了。

况钟、何文渊、莫愚等人出任知府时，明宣宗朱瞻基为了要特别强调这是一次更新吏治的重大决定，所以颁给了敕书，这是史无先例的。因为知府既是常设官员，级别也只有四品。但因为是领敕书而赴任的，所以士大夫言谈之间，认为是钦差知府。至于七品官的监察御史，则根本谈不上什么钦差不钦差的问题。

至于朝廷派往各地的巡抚，绝大部分都是带有六部的左、右侍郎或都察院副都御史的官衔，级别一般是从二品或正三品，倒是货真价实的钦差大臣，如周忱、于谦诸人都是。

监察御史以一般行政区域分工的为多，那是巡按御史，还有一些御史以专业分工，如宣德年间的李立则是清军御史，专管军籍方面的案件，如隆庆年间的吴悟斋则是操江御史，专管大江上下运输、安全等案件，此外还有巡盐御史等等名目。

巡按御史有时的确也声势煊赫，那是因为地方上的官员往往或多或少有些差错，深怕被巡按御史揪住不放，要丢掉乌纱帽，所以不敢得罪御史。虽然朝廷有《宪纲》规定了御史和知府、知县等官相见的礼节和制度，但知府、知县总是卑躬屈节，把御史捧得比直属的上级官员都高。有的更是用金钱、美女去拉拢御史。

至于巡按御史们也决非个个为官清正严明；假公济私、挟嫌报复、敲诈勒索的都有。况钟和违法乱纪的清军御史李立就曾进行过尖锐的斗争。此外《明实录·英宗正统实录》记载了下面一件事：

> 直隶苏州府知府况钟奏监察御史王琏以巡按代回，越驿乘舟，所至多索隶卒，卫从且携杭州驿夫……浙江按察司佥事商贤亦劾琏言轻行薄，骋小才而害良善，具条其不法事以上闻。上以琏为风宪，乃恃势违法如此，命刑部执治之。

对况钟来说，他所看到王琏的劣迹仅仅是在苏州府范围内的一些事，他还是上奏了。因为况钟是钦差知府，又有周忱这些有力的靠山，自己也相当清正，所以才敢于上奏，这奏章才可能生效。

浙江按察司佥事商贤官卑职小，也可能是风闻况钟已上奏他才奏劾。即使他奏劾在先，肯定也没有得到重视，到况钟上奏以后，就两案并作一案处理了。

王琏被告倒之后，他的罪行就被逐渐揭开了，处州知府武全遭到王琏打击报复，被撤了职。刑部发现有问题，令武全到京和王琏对质。浙江余姚知县黄维也是被王琏报复而撤职了，余姚县士绅分赴按察司、布政司衙门告状，说黄维"政治公平，抚字不息"，吏部查核属实，就命令黄维官复原职。

从这件事来看，充分说明巡按御史有的本身就是昏官或贪官。

万斯同关于明代太监的民歌

读中国的古代史，就会发现太监所起的作用也是不小的。按理说，太监是刑余之人，身分是奴隶，固然其头目是官员，但不致于操纵大权。但事实并非如此，太监往往被某些皇帝作为最可信赖的左右手，也往往受到文臣武将的拉拢或排斥，因此他们的权势比封建王法所公开规定的要大得多。

对于太监的称谓也是五花八门，或曰常侍，或曰大黄门、小黄门，另有宦官、中官、内官等说法。看《贵妃醉酒》，伺候杨贵妃的两个太监，一称高力士，一称裴力士，再查史籍，仅宋代有此官职，负责皇帝车驾，也没有说是用太监充任的。要弄清楚就更费力了。

明代的太监权力似乎特别大，做的坏事似乎也特别多。其原因所在，我想恐怕有两点：第一是自从洪武年间出了胡惟庸案以后，不设宰相，而仅设内阁首辅，大臣的权相对地有所减削，一部分权被太监们攫取去了。明代后期大力推行特务统治，以魏忠贤为代表，他的特务活动便是以太监为核心力量的。

当然，我这样说，并没有否认有些太监也做了些对国家对人民有益的事。

明代的史籍对郑和、刘瑾、冯保、魏忠贤等大大小小、好好坏坏的太监都有较详尽的记载，但是对太监们作了最形象生动的描写，并且强烈地表示了爱憎的，当推万斯同用民歌体写的《明乐府》。此书共六十六篇，从元末廖永忠沉宋主于瓜步开始，而以李闯王死于九宫山作结，写了明代二百七十年之间的所有的重大事件。六十六篇中写太监的六篇，写郑和下西洋之经过者两篇。《下西洋》一篇最后说：

> 何妨尺地使容身，应念高皇共本根。
> 徒使狂涛填猛士，几曾穷岛遇王孙。

宿师海外余十载，让帝行踪竟安在。
遗事人传三宝名，穷兵徒发千秋慨。

作者的思想很保守，他只看到下西洋是劳民伤财，认为这样追索建文皇帝的踪迹不仅没有必要，也不应该操之太急。至于这多次航海，对远洋海上交通的发展，对东南亚乃至非洲地理知识的丰富收获，他根本没有考虑到，对于郑和，未免不够公允。

《王振儿》前有小序，说正统年间，王振专权，侍郎王佑紧紧追随左右，极尽阿谀奉承之能事。一天王振忽然问他"侍郎何以无须？"他回答道："老爷无须，儿子岂敢有须。"成为当时朝野流行的一大笑话。《王振儿》义正词严地斥责了这群大官僚的卑鄙无耻，他写道：

秀眉白面谁家子，屈膝权门首乞怜。
谓爷无须儿有须，父兮子兮不相如。
儿既蒙恩为一体，何惜肤发不教除。
呜呼侍郎官非贱，公然狐媚形尽现。
谁令此辈为公卿，天下何由致太平。

最后，万斯同认为正统年间宦官的横行，比天启朝还好一些，所以说："犹胜天启之世魏奄子，朝端充满如列星"。万斯同在这里没有写土木之变，其实王振残害忠良虽然比魏忠贤略逊一筹，但也双手沾满人民的鲜血。至于土木之变，则几乎把整个明朝沦亡于俺答大军手中，要不是于谦等人严加提防，且立景泰皇帝以扭转大局的话，当时就完了。

《九千岁》一篇全文如下：

皇明十二叶圣孙，深居法宫俨若神。
天下万几由厂臣，厂臣者谁魏忠贤。
势雄独坐力回天，幕下干儿已十百。
庭中祝厘遂九千，九千岁，安足贵？
岂知更有万岁在。胡为斯此一千年，
不使乃翁尊无对，未几宫车遂晚出，
乃翁寿止六十一，何不呼嵩祝万龄？
致使乃翁凶短折！

对于当时给事中李鲁生，御史李蕃等人尊称魏忠贤为九千岁，作了强烈的讽刺，问他们为什么不干脆称为万岁呢？最后告诉他们称万岁也无济于事，寿命不会因此而延长。虽然万斯同作《明乐府》时已在清初，但清代还是称皇帝为万岁爷的，万斯同公然如此写法，也就要冒很大的风险了。

·寓言·

老狐狸的"经验"

陈乃祥

山下住着一群狐狸，其中有一只老狐狸，鬼点子特多。

一天半夜里，老狐狸没有告诉同伴一声，独自来到一个村子里。他趁着人们进入梦乡的时候，悄悄溜进了农夫的后院。鸡棚里肥得出油的鸡子，都闭着眼睛在睡觉。贪馋的老狐狸，一口咬住一只公鸡尾巴，直往外拖。农夫听见鸡子的惨叫，知道来了坏家伙，立即持着朴刀赶来。老狐狸一见来了人，连忙丢下鸡子往篱笆外面钻，但已经迟了一步，只听得"咔嚓"一声，狐狸尾巴被农夫砍掉了。

"哎呀，疼死我了，真要命哪！……"狐狸拼命叫着逃了回去。

老狐狸失去了尾巴，心里非常难受。心想：今后再出门，伙伴们一定会耻笑我。怎么办呢？他想来想去，终于想出了一个点子：假如所有的狐狸都没了尾巴，就显不出自己的弱点，人家就不会耻笑自己了。对，就是这个主意！于是他利用一次狐狸大集会的机会，大谈没有尾巴的好处。

"尾巴这个累赘的东西，影响了我们的行动。兔子气力比我们小，为什么跑得比我们快？我研究来研究去，研究了好几年，终于弄清了这个秘密：那是因为兔子的尾巴长得短，短得几乎没有。所以我考虑再三，决定忍点痛，一刀割去了尾巴。昨天晚上我碰上了猎人，幸亏我割掉了尾巴，跑得跟兔子一样快，要不然早成了他们的猎物了，你们如果相信我讲的道理，那就一起来一个割尾巴运动吧！"

"你的见解很精辟！"一只小狐狸站出来说，"不过，请你把屁股掉过来，让我们仔细观察一下，再讨论你的建议吧。"

老狐狸刚掉转屁股，狐狸们就七嘴八舌地叫嚷起来：

"你的尾巴是被人家割掉的！"

"尾巴丢了，出乖露丑，多难看！"

"尾巴是我们奔跑时的舵杆，失去了尾巴，走路也别扭。"

"你自己丢了尾巴，没脸出去，想叫我们大家都上当受骗，跟你吃苦呀！"

"我这是一片好心！是从实践里总结出来的经验呀！"老狐狸声嘶力竭地叫喊，被一浪高一浪的叱责声淹没了。

读《醉翁亭记》

谢冕

醉翁亭在滁州。滁州今安徽滁县，我没有到过。我猜想，滁州一定是风景娟丽的所在——能够不止一次地引起古代文学家的兴致的，决不会是平庸的地方。比欧阳修的《醉翁亭记》早三百年，唐代的韦应物就写过《滁州西涧》。那是一首非常著名的抒情诗：

独怜幽草涧边生，　　上有黄鹂深树鸣。
春潮带雨晚来急，　　野渡无人舟自横。

这首小诗，仅四句，却传达出滁州自然景色中那迷人的恬静来。"野渡无人舟自横"，确是极静娴的绘画的主题，对比之下，《醉翁亭记》是要热闹得多的。

仔细推究起来，《醉翁亭记》表面上的热闹，却隐藏着内在的深沉。宋仁宗庆历五年，欧阳修被贬，知滁州，当年十月到郡。年谱载："庆历六年丙戌，公年四十，自号醉翁。"据此可知，他写《醉翁亭记》的时间，一定是在庆历六年（即公元一〇四六年）以后。也许正是这一年。因为庆历六年，他写过一首《题滁州醉翁亭》的五言古诗："四十未为老，醉翁偶题篇。醉中遗万物，岂复记吾年。但爱亭下水，来从乱峰间。声如自空落，泻向两檐前。流入岩下溪，幽泉助涓涓。响不乱人语，其清非管弦。岂不美丝竹，丝竹不胜繁。所以屡携酒，远步就潺湲。野鸟窥我醉，溪云留我眠。山花纵能笑，不解与我言。惟有岩风来，吹我还醒然。"这诗是无法和《醉翁亭记》相比的，但它可以帮助我们理解这篇精粹的游记体散文。欧阳修的诗向我们透露，他明知"四十未为老"，而偏要自号醉翁。"醉中遗万物，岂复记吾年"，他希望自己始终是醉的，希望在一醉之中忘掉一切，包括自己的年龄在内。不老而偏要称翁，明明醒着而要装醉，这有点象李白的"佯狂"，毕竟是同样地可哀。

据记载，庆历五年欧阳修上书为一些受黜的政治家辩护，"小人素已憾公"，借故把他贬逐出京。他是怀着政治上的不得意来到滁州的。因此，我们知道他的"醉翁之意不在酒，在乎山水之间也"不是随便说出来的。他是寓政治上的失意之心情于山水，他要在山水之乐中忘其它方面的不乐。从这样的背景看，《醉翁亭记》实在并不是一篇轻松之作，它的热闹之中有着难言的寂寞。

但要承认，欧阳修在文中的确展现了一种轻松活跃的气息。也许，滁州秀丽的山水，淳厚的民俗，再加上他豁达的性格，使他能够忘却那些烦恼与抑郁。

我不能忘记第一次读《醉翁亭记》时那种耳目一新的欢喜和新奇之感。"环滁皆山也"，这劈头而起的一句，足以惊呆那些习惯于按照陈套来写文章的人们。他二话不说，开头就是突如其来的一句，可以说是一声由衷的欢呼：多么好的绵绵不断的山峰，环绕着滁州城！环滁而起的山势的突兀不凡，恰好衬托了文势的突兀不凡。一句之后，迅即展开了一个气势雄伟的全景。其间尽管还有起伏，但文章总的是如从峰峦的顶巅而舒徐地下行。我们从环滁的群山，而找到了西南诸峰中的琅琊山，由此进入山间腹地。这里不仅有山岚，而且有水音，一曲清流从两峰之间泻下，这是酿泉，一个与醉翁亭相联系的美丽的名字！水随山行，迂回宛转，作者的笔墨仿佛是电影的镜头，一步一步地把我们的目光吸引到特写景色中来。他采取"剥笋"的办法，层层剥去笋衣，而让你沿途览胜，取其精英：在环滁之山中，取西南诸峰；西南诸峰中，取琅琊；琅琊山行，取酿泉；酿泉萦回，醉翁亭临于泉边！经过重山复水，在蔚然而深秀的丛峦之中，在潺潺的泉音伴奏之下，终于出现了醉翁亭！他不肯平淡地让这亭子出现，他大肆铺排，让它在未出现之前造成那"隆重"的气氛，使之显得不平凡。而一旦出现了，他又以非常省俭的笔墨用于正面描写，总共只用六个字："翼然临于泉上"。这亭子无疑是非常美丽的了，但真正美的东西并不需要浓妆艳饰。一个"翼然"，便写出了亭子的峭拔飞耸；一个"临于泉上"，便写出它那依依临水的风情！依山临水的醉翁亭，飞檐俏丽，仿佛要展翅而翔，只有六个字，可见其飞动，可见其神采！

《醉翁亭记》一口气用了二十一个"也"，造成了全文咏叹气氛，留下了无拘无束一唱三叹的诗一般的情调，这已经传为文学史上的美谈。但这篇散文的特点，却不仅仅是行云流水般的自然，而且还有与之相结合的内在结构的精炼严密。以"若夫日出而林霏开，云归而岩穴暝，晦明变化者，山间之朝暮也。野芳发而幽香，佳木秀而繁阴，风霜高洁，水落而石出者，山间之四时也"为例，这两个句子中，前一句写朝暮，后一句写四时，是很精确的。太阳初起，林间氤氲的云气在消散，这是山间清晨；岩穴里充满了薄暮的雾霭，周遭逐渐暗了下来，这是山间傍晚。那后一个句子，更为凝炼，一句之中，每一分句各写一个季节："野芳发而幽香"，春景；"佳木秀而繁阴"，夏景；"风霜高洁"，秋景；"水落而石出"，冬景。令人惊叹的是，他不仅用非常节省的文字，抓住山中四时朝暮的典型景色作了概括的描写，而且写过之后并没有忘了反过来再作总结性的呼应："朝而往，暮而归，四时之景不同，而乐亦无穷也"，再一次分别点到了朝、暮、四时。

《醉翁亭记》的作者懂得景和人的关系，他把重点放在景中之人的描写上。而关于人的描写，又是围绕着"醉翁"而展开的。亭子的景色当然是宜人的，但要是离开了那活泼喧呼着的人，那亭子大概和普通的亭子也没有什么差别。此文写人，大抵和开始一段文字写景的思路近似。"负者歌于涂，行者休于树，前者呼，后者应，伛偻提携，往来而不绝者，滁人游也"，这是一个欢乐的全景，一幅活泼生动的太平景象的画面！（可以想见，欧阳修生活在这样热爱生活的人民中间，精神上得到的慰藉，足以使他忘记了仕途的艰辛和烦恼）写了"滁人游"这一全景，镜头缩小到了临溪而渔，酿泉为酒，山肴野蔌，杂然而陈的充满野趣的"太守宴"上面来。由"太守宴"而"众宾欢"，最后，落到了他自己得意刻划的中心人物形象上："苍颜白发，颓乎其中者，太守醉也"。苍颜白发，前已述过，欧阳修当时实际上也许还没有这样的"老态"；颓乎其中，也许这"醉态"是有点夸张的。但他的确写出了一个不拘形迹的十分可爱的"醉翁"！这形象，苍颜白发得其形，颓乎其中得其神，也是十分精采的笔墨。

《醉翁亭记》全文不过五百余字，但它所概括的内容之丰富是惊人的：亭子的座落，周围的环境，它的建造及命名，它的晨昏及四时景色，游人的熙攘，野宴的欢乐，太守醉后的神态……但是最精采要算是结束的一段文字。夕阳在山，人影散乱，游人归去。游人一去，禽鸟大欢，花阴树间，鸣声四起。作者在这里写出了充满哲理意味的抒情文字："然而禽鸟知山林之乐，而不知人之乐；人知从太守游而乐，不知太守之乐其乐也"。的确，禽鸟并不知人，人也未必能知太守！谁能真正理解太守此时此刻的乐趣呢？太守之乐，在酒，在山水，在山涯水滨的人民的欢声笑语，也许，也在于他在这与民同乐的真正欢乐之中，忘记了政治仕途的曲折与艰险。《醉翁亭记》是一篇明快轻松的文字，但的确并不是一篇单纯写景的轻飘飘的文字。应当认为，这里活泼地跳跃着作家的政治理想和并不单纯的思想情怀，它有政治，但却是隐蔽的。

附：

醉翁亭记

欧阳修

环滁皆山也。其西南诸峰，林壑尤美，望之蔚然而深秀者，琅琊也。山行六七里，渐闻水声潺潺，而泻出于两峰之间者，酿泉也。峰回路转，有亭翼然临于泉上者，醉翁亭也。作亭者谁？山之僧智仙也。名之者谁？太守自谓也。太守与客来饮于此，饮少辄醉，而年又最高，故自号曰醉翁也。醉翁之意不在酒，在乎山水之间也。山水之乐，得之心而寓之酒也。

若夫日出而林霏开，云归而岩穴暝，晦明变化者，山间之朝暮也。野芳发而幽香，佳木秀而繁阴，风霜高洁，水落而石出者，山间之四时也。朝而往，暮而归，四时之景不同，而乐亦无穷也。至于负者歌于涂，行者休于树，前者呼，后者应，伛偻提携，往来而不绝者，滁人游也。临溪而渔，溪深而鱼肥，酿泉为酒，泉香而酒冽，山肴野蔌，杂然而前陈者，太守宴也。宴酣之乐，非丝非竹，射者中，奕者胜，觥筹交错，坐起而喧哗者，众宾欢也。苍颜白发，颓乎其中者，太守醉也。

已而夕阳在山，人影散乱，太守归而宾客从也。树林阴翳，鸣声上下，游人去而禽鸟乐也。然而禽鸟知山林之乐，而不知人之乐；人知从太守游而乐，不知太守之乐其乐也。醉能同其乐，醒能述以文者，太守也。太守谓谁？庐陵欧阳修也。

（上接第46页）这样一来，明人小品，闲适笔调，在林语堂手里，都成为反共的武器。鲁迅维妙维肖地用四个字揭穿了他的本质："英文、英文"。

解放以后，仍然有许多人擅长写散文。鲁迅笔法的杂文，在新社会里有没有需要，尽管毛泽东同志有过明确的指示，但也有人提出来作为讨论的问题。随笔式的散文，曾经热闹过一时，你也"漫谈××"，他也"闲话××"，可是在一九五七、八年，被罗织入罪的，尽是这些散文。到了六十年代，散文又复兴了。有人向艺海中拾贝，有人在燕山上闲话，都受到读者欢迎，可是，文化大革命一开展，这些散文都成为"大毒草"。

现在，文艺界正在拨乱反正，为今后的繁荣创造条件。散文也受到各地作家的重视，已经出现了几个专载散文的刊物。天津百花文艺出版社又提供了一个为散文家挥洒妙笔的园地，我相信今后的新文学史上，散文一定会占有反映和记录新时期总任务的丰富多采的重要地位。

回顾与前瞻

—————施蛰存—————

散文这个名词，在古典文学里，原先已有两个概念。其一是和韵文对立的，指不押韵的文章。其二是和骈文对立的，指句法不整齐的文章。这两者都是属于文体的概念，而不是文学形式的概念。现代文学中所谓散文，和小说、戏剧、诗歌分庭抗礼，其意义便是一种文学形式了。

把散文这个名词赋与文学形式的概念，大概起于日本，而日本人是以此作为英国文学中所谓Essay的译名。不过，Essay这个名词，在英国文学里，本来只是指一种比较短的论文，篇幅虽不长，但内容却还是庄重的，或者说，"一本正经"的，对某一事物发挥议论。用我们的文学名词来表达，应该就是论说文。论说文还是一种文体，而不是创作文学的形式。

属于文学形式的散文，是专指一种比较轻松、比较随便的文章。它们不是学究式的高议宏论，而是"摆龙门阵"式的闲谈漫话。偶然高兴，对某一事物议论几句，评赞几句。或者索性把话头搭到别处去，借此发些牢骚，谈些感想。文章内容不一定扣住题目，题目也未必能概括文章。这种文章，就文体概念而言，是散文，但不是论说文。英国文学界把这种散文，称之为familiar essay，加一个状词，以示与论说文相区别。我们现代文学中所谓散文，实质上应该是familiar essay的译名。familiar是家常、亲热的意思，所以我想译作家常散文，用家常便饭、家常豆腐的例子。从前有人译作絮语散文，也还恰当。不过离开了语根。

随笔是我们古典文学的一种文学形式，它和英国人的家常散文，虽不完全相同，却也有些近似。我们现在称"散文随笔"，一般人都以为是散文和随笔两种文学形式的组合名词，我以为应当把"随笔"作为"散文"的状词，最好索性改作"随笔散文"，就可以作为familiar essay的新译语了。

在西方文学中，随笔性的散文开始于英国，也特别繁荣于英国。十八世纪后期，一位英国作家查尔思·兰姆写了两卷散文，题其书名曰《伊里亚散文》，我们现在译为《伊里亚随笔》。把散文这个名词作为创作文学的形式，开始于此。以前虽然有过十六世纪的英国人倍根和法国人蒙田，都是著名的散文家，但他们的散文还只是短篇论说文，没有家

常味，我们只把他们的文集称为《倍根文集》、《蒙田文集》。

兰姆式的随笔散文建立了英国新散文的传统，从此以后，英国出现了许多杰出的散文家。英国的报纸，一向不登载小说，也极少登载诗歌。文学版的内容，以书评为主，其次便是散文，而散文的内容，有时也是书评。英国散文的繁荣，与报纸的需要极有关系。进入二十世纪以后，报纸大量增加，于是有许多散文家应运而生，为报纸写稿。有些人成为某一种报纸的专栏作家，每星期供稿一二篇。我已经二十多年不接触英国现代文学，不知道他们现在有哪些散文家。我所熟悉的还是四五十年前的几位作家，如路卡思（E.V.Lucas）、米伦（A.A.Milne）、林特（R.Lynd）等人，文章写得真好，一向是我休息时的读物。

五四运动以来，散文在我国的文苑中，也并不示弱。鲁迅是最重要的散文家。他的风格，是古典和外国的结合。只因为他的绝大多数文章，思想性表现得极强，相对地未免有损家常味、亲热感。这一类文章，在我国文学界，一般称之为"杂文"，似乎有意和"散文"划一界线，虽然从文字涵义上看来，这两个名词并没有逻辑的区别。不过，《野草》和《朝华夕拾》，总该算是鲁迅最好的散文。

三十年代的周作人，也写过不少散文。最初的几个集子，如《自己的园地》之类，也很有味道。但是他写到后来，几乎尽是读书记，甚至抄书记，多读了便使人感到单调，也许还会沾染到一些书生的迂气。

朱自清的《背影》和梁遇春的《春醪集》，都是三十年代出现的优秀的散文集。梁遇春死得太早，他的文学生活没有几年，因而很少人知道他。他是在北京大学读英国文学的，他这本《春醪集》，确是正统的英国式散文。我还想提到冰心的《寄小读者》。我读这本书的时候，已经不是"小读者"，但我非常喜欢它。经过了几十年，现在我已忘记了它的内容，留下的印象是她的文章非常洁净。此外，茅盾、俞平伯、冯文炳、王鲁彦、魏金枝诸家，也都有好几篇杰出的散文，至今在我的记忆中。此外，肯定还有不少好文章，为我所失记的，或没有见到的。

林语堂推崇明人小品，提倡"闲适笔调"，似乎有意给散文开辟一个新园地。他掇拾周作人、沈启无的牙慧，竭力赞扬公安、竟陵文派。他把"闲适笔调"作为公安、竟陵散文的创作方法，而没有看到公安、竟陵诸家文章的针对性和战斗性。他们的笔调尽管闲适，思想内容其实并不闲适。在另一方面，林语堂的提倡"闲适笔调"，也有他自己的针对性。他的"闲适"文笔里，常常出现"左派，左派"，反映出他的提倡明人小品，矛头是对准鲁迅式的杂文的。 （下转第45页）

萧 红 传

肖 凤

第一章 童 年

美丽的松花江啊，北国的江！

你的甘甜醇厚的乳汁，哺育了多少智慧、勤劳的儿女！

你有源远流长、永不枯竭的生命，你可曾知道，你的一个聪颖、软弱的女儿，早已殁于千里之外的异乡？

你那奔腾流泄、清澈温暖的江水，也许就是思念女儿的、哀伤悲悼的眼泪？

从松花江那丰满的母体上，分出来许多较小的支流。一条名叫呼兰的大河旁边，座落着一座名叫呼兰的小县城。

这是一座典型的东北小市镇。本世纪初，仍然是一个相当闭塞、相当落后的地方。当南方已经掀起了辛亥革命的浪潮，几千年的封建帝制终于受到了猛烈的震撼，呼兰县的居民，却仍旧是因袭着封建主义的思想与习惯，过着愚昧而且麻木的生活。

这样的地方，就是我国现代文学史上一位敏感、有才华而又不幸的女作家萧红的故乡。

七、八十年前，呼兰县里住着一家姓张的大地主。在他们的巨大的但是荒凉的宅院里，存在着外姓人永远也缕不清楚的、错综复杂的家庭关系。

就在这样一个富裕而又暗淡的家庭中，一九一一年六月二日诞生了一个女孩，大人们给她取名叫张迺莹。这个女孩来到人间以后，从来没有得到过父爱与母爱。她的父亲对她总是十分冷漠，她的母亲对她总是恶言恶色。她的祖母也并不象别人的祖母那样慈祥。当她三岁的时候，她喜欢用小手指在窗棂上捅个小洞，她觉得那纸窗象面小鼓，用手指嘭嘭地捅破了，很好玩。她的祖母看到她这样，就拿了一枚大针站在窗外，专门等着刺她的手。这种没有抚爱、没有温情的不正常的童年生活，深深地刺伤了她幼小然而敏感的心灵。

幸好她还有一个祖父。萧红出生的时候，她的祖父已经六十多岁。从萧红记事的时候起，就是一个赋闲在家的乡绅。他是一个心地善良的老人，很疼爱小孙女，喜欢和孩子们开开玩笑，他的眼睛永远是笑盈盈的。他不会理财，家里的经济大权由祖母一手掌管。祖父每日的工作就是陪伴孙女，夏天的时候还到自家的后园里去种种菜，养养花。在这个小女孩子的心灵里，这个后园简直就是一个五彩缤纷的天堂。这里有满身带着金粉的大红蝴蝶，有金色的蜻蜓，有绿色的蚂蚱，有全身长满绒毛的、胖圆圆的蜜蜂，还有一棵年代久远的大榆树，它会象童话里讲的神树一样，变换各种神奇的色彩：当风吹过来了的时候，它就摇动绿色的树枝和棕色的树干，发出萧萧的声响；当雨落下来了的时候，它就变成了墨绿色，冒着灰色的水烟；而每当金色的阳光照耀在它身上的时候，它的满身的叶子就发出耀眼的光泽。这个小女孩终日在这里忘情地玩耍着，她有时凝望着蓝悠悠的、又高又远的天空，注视着自由自在的飞鸟；有时欣赏着仿佛刚刚睡醒过来的盛开的玫瑰花以及各种各样的鲜花；有时又与树上的和地里的虫儿说话。这个后园使她暂时忘记了周围的冷淡、古怪、寡情，小小心灵多少得到了一些慰藉。

五岁那年，有一天，她也象往常一样，正在后园里玩耍着，天空下起雨来。她发现酱缸上的缸帽子又大又严实，正好遮雨，于是费力地把它顶在了头上，象一朵大蘑菇似地蹒跚着走回屋里。缸帽子遮着她的头和眼睛，她看不见祖父在哪里，便焦急而得意地大声喊着："爷爷——爷——"

就在她大声呼唤祖父的时候，她父亲盛怒地飞起了右腿，狠狠踢了她一脚，她差点儿没有滚到灶口的火堆里去。等到别人把她从地上抱起来，她才看清屋里的人都穿上了白色的孝服——她的祖母死了。

祖母逝世以后，她就闹着，一定要搬到祖父的屋子里住，和祖父睡在一张炕上。从这时候起，五岁的萧红，开始接受中国古典诗歌的启蒙教育。晚上睡觉前，或早晨醒来后，这一老一小并排躺在暖烘烘的被窝里，忘记了周围的一切，陶醉在民族的才子们创造的诗歌境界里。祖父用圆润的男低音吟诵道：

春眠不觉晓，处处闻啼鸟，
夜来风雨声，花落知多少。

小萧红觉得这首诗非常新鲜，她定睛看着祖父的嘴唇，默默地记忆，等到祖父停止了吟诵，她就立刻鼓足了全身的力气，用甜甜的奶嗓子拚命喊叫：

春眠不觉晓，处处闻啼鸟，……

她念诗念得是如此入迷，以至半夜里会突然醒转过来，用甜甜的奶嗓子高声喊叫道：

两个黄梨（鹂）鸣翠柳，
一行白鹭上青天。

重重叠叠上楼台，
西沥忽通（几度呼童）扫不开。
刚被太阳收拾去，
又为明月送将来。

直到念得困乏了，才再闭起眼睛睡去。

诗歌里展示的境界是美的，而周围的现实生活中却充斥着丑。小萧红虽然还不能理解许多事物的意义，但是它们却深深地埋在了她童稚的记忆里。

萧红的父亲张选三是一个冷漠、趋时的地主兼官僚。据说日本帝国主义者侵占了东北之后，他竟充当汉奸，出任呼兰县的协和会长。如果说他对待小萧红一直是十分冷漠的，那么他对待赤贫的本家则更是冷酷无情得令人毛骨悚然。张选三有一位本家的堂兄，就是有二伯，萧红童年时他已经六十多岁。三十多岁来到张家，给他们干了半辈子活，却没有一顶完整的草帽，没有一双完整的鞋袜，被褥都是破破烂烂的一团，每天晚上临时找寻可以投宿的场所，或是在小猪倌的炕梢上，或是在磨房或粉房里。他是一个贫苦孤单的老人，虽然是张家的本家，但在张家的地位却远在老厨工以下，受尽了张选三的凌辱与虐待。据说在他晚年干不动活的时候，被张选三奉打了一顿之后赶出家门，沦为乞丐，最后死在大街上。小萧红亲眼看见她的父亲怎样把有二伯打倒在地上，每当这样的时候，她就紧紧地偎依在祖父的身边，而她的善良的老祖父，对张选三的所作所为也毫无办法。

除此之外，在这所阴森荒凉的大宅院里，还有更古怪的事情来刺激小萧红的头脑。他们家的偏房里，住着一家姓胡的赶车人。从表面上看，这个家庭的家风是干净利落、为人谨慎、兄友弟恭、父慈子爱。但是，他们却用最惨无人道的方法虐待小孙子的团圆媳妇。这个小姑娘只有十二岁，发育得很好，长得黑忽忽的，笑呵呵的，梳着一根长及膝盖的又黑又亮的大辫子。寂寞的小萧红很喜欢她，希望和她交个朋友，但终于没有实现。只因为这个小姑娘见了生人不怕羞，饭量大，长得高，婆家的人就要给她一个下马威，把她吊在大梁上，用皮鞭抽打得昏死过去，还用烧红的烙铁烙她的脚心，把一个健康活泼的小姑娘，折磨得死去活来。这个孩子病了，黑忽忽的脸变得又黄又瘦，婆婆请人跳大神、占卜算命，没用多长时间，就把一个可爱的小姑娘活活摧弄死了。

张家大院的磨房里，还住着一位名叫冯歪嘴子的磨工兼更夫。他的手很巧，每逢到了秋天，新鲜黏米成熟了的时候，他会做出一种红黄相间的又甜又香的芸豆黏糕来。他心地善良，喜欢孩子，虽然一贫如洗，但是每逢看到小萧红，都送一片黏糕给她吃。同院住的一个赶车人的女儿，漂亮能干的王大姑娘，爱上了他，不声不响地与他结成了夫妻。然而这件事不合呼兰人的口味，他们穿起了最好的衣衫，庄重地把自己打扮停当，然后走门串户，去传播诽谤这对夫妻的种种谣言。在这样的环境中挣扎了四、五年，王大姑娘终于抵抗不住贫穷、疾病、侮辱，给丈夫留下了两个儿子，悄然离开了人间。

小萧红目睹了这一切丑恶现象，在这个聪明、敏感的孩子面前，展现出两种世界：一个是在诗歌里展示的、虚幻的境界，充满了光明、美丽、真实、善良；另一个是周围的现实生活，则处处显露着冷酷、虚伪、嫉恨、罪恶。对于一个天真烂漫的孩子来说，过早地感受社会上存在的弊病，过早地品尝生活中酿就的杯杯苦酒，并不是一件幸运的事，这在她那颗敏感的童稚心灵上，刻下了忧郁的、感伤的印记；然而，对于一个未来的作家来说，正是童年时代的这种经历和感受，才愈发激励了她追求理想境界的热情。她不能够在这样的一个没有爱、没有温暖的家庭里生活下去，她更不能够在这样的一个没有文化、愚昧闭塞的小县城里终其一生，她向往着另外一个光明美丽的理想境界，她要走到那个新的天地中去，追求自己的未来。（未完待续）

《散文》编辑部 编

我 与

散文

天津出版传媒集团

百花文艺出版社

图书在版编目（CIP）数据

我与《散文》/《散文》编辑部编. -- 天津：
百花文艺出版社，2015.6
ISBN 978-7-5306-6745-3

Ⅰ. ①我… Ⅱ. ①散… Ⅲ. ①散文集-中国-当代
Ⅳ. ①I267

中国版本图书馆CIP数据核字(2015)第116780号

选题策划:李勃洋 汪惠仁　　　**美术设计:**任　彦
责任编辑:张　森 田　静

出版人:李勃洋
出版发行:百花文艺出版社
地址:天津市和平区西康路35号　　**邮编:**300051
电话传真:+86-22-23332651（发行部）
　　　　　　+86-22-23332656（总编室）
　　　　　　+86-22-23332478（邮购部）
主页:http://www.baihuawenyi.com
印刷:虎彩印艺股份有限公司
开本:787×1092毫米　1/16
字数:100千字
印张:5.5
版次:2015年6月第1版
印次:2015年6月第1次印刷
定价:35.00元

散文

表达 | 你的 | 发现 |

目录

写在前面

《散文》创刊于 1980 年 1 月。

徐柏容先生曾有专文论及《散文》之创刊构想及成刊的过程。这一案例，经徐先生的论述，业已成为中国当代期刊制作的经典教材。

《散文》是当代中国第一本专发散文的文学期刊。它直接以一个文学体裁来做自己的名字——也许，您可以理解为它抢占了先机；而在我看来，它抢挑了重担。

从上个世纪八十年代当代中国重新对"人"的发现中创刊开始，《散文》注定要面对这副重担，它注定要把传统看成一条能够自新的河流，它注定要把每一时期中国散文最富于活力的部分认真记取。

编辑《散文》的人，在一代代更新，幸运的是，这本刊物始终与那些伟大心灵紧密联系着，它始终与那些深情而省察的品格紧密联系着——听啊，在中国，一直在回荡着它们的合唱。

汪惠仁

幸有《散文》伴十年

□毕亮

前几天，把大学毕业时寄存在亲戚家的八箱书从乌鲁木齐运到了伊犁。当时也不知道，这一存就是七八年。而不觉间，我来新疆也已经十一年了。去年，进疆十周年时，我写完散文集《西出阳关》后曾梳理过十年来在新疆生活的一些关键词，其中就有散文和《散文》。

前一个散文，是我现在主要写作的文体。后一个《散文》，是十多年来我一直坚持在看的杂志。

也是在这八箱书里，有一箱是青少年时的摘抄本和初到新疆在图书馆借阅时复印留存的资料。在理书时，忍不住先翻起了摘抄本，主要是2003年和2004年阅读时的摘抄记录，大约因为多年未曾翻动，硬面抄本子还是完好的，随手一页页翻开去，真是想不到我那时会有这样的精力和

耐力一页页地抄下去，两年抄了三本。要知道，那两年，正是我经历两次高考的年头。

从摘抄本中竟然发现抄于2003年的两篇文章，落款是摘自《散文》杂志，十二年过去，我已经忘记当初是怎么接触《散文》的了，肯定不是从其他文摘类杂志上转抄来的。联想起当时班里读报读刊的氛围很不错，同学间互相交换订阅的杂志，猜想大概是有同学订阅了《散文》，我交换着来看的，见有喜欢的短章，就抄了下来。后来终于因为高考的压力，报刊都丢在一边不再读了。细看我的那三本摘抄时间，基本都是两年高三时抄录的。到新疆上学时，大概觉得这些抄录的文章价值很大，就随身带到了乌鲁木齐。

到了新疆，重新接触《散文》，很大一部分原因是陈所巨先生。那年，我十九岁，

> " 这是一本有情怀的杂志，在鱼龙混杂的杂志之林，这是一本有良心的杂志。"

一个人跑到离家万里的陌生之地，正做着文学的梦，而家乡的作家陈所巨正是我就近模仿的对象。初到学校，每天都泡在图书馆，经常在一楼的期刊阅览室读一两个小时的文学杂志，再到三楼去借书。《散文》也是在这时候重新进入我的视野。从一本图书馆存档的《散文》合订本中偶然看到了陈所巨先生的大作，于是就将整本合订本（共六期）借回去看。除了陈先生的文章外，其他的文章也一篇篇地认真拜读，从此就迷上了《散文》里的散文，它的风格、遣词、立意，甚至装帧、设计，都是我所喜欢的。那是 2004 年 10 月、11 月的事。

至此，每次在期刊阅览室总是先找找看有无最新的《散文》，时常遇到喜欢的文章，就随手抄在本子上。等到 2005 年第四期时，又看到了陈所巨先生的文章《庄子的草帽》，正准备像往常一样抄存时，随口问了下图书馆管理员是否可以复印，没想到很方便，只是价格比复印店稍贵而已，于是复印《散文》里的佳作自此开始，近四年下来，共复印了两三公分厚，这些现在都和从乌鲁木齐运回的书一起存在我的书架上。

转眼大学毕业，我走进了伊犁一家报社，先做记者，后编副刊。做了副刊编辑，也大致知道做期刊编辑的甘苦，对《散文》这样一本格调独特的杂志保持着更多的敬意。报社阅览室有许多文学期刊，其中就有《散文》。报社爱好文学的人不少，常常大家轮流看一本杂志。这样，又看了三年公家的《散文》。后来，从报社到了现在的团场，没有了阅览室，想要看杂志，就只有自己订阅了，好在生活相对安稳，有了固定的住所可以放心订阅报刊。自费订阅《散文》，也是从这一年开始的。

由于我生活的团场在昭苏垦区，位处中哈边境线上，远离城市，所以每次收到《散文》基本都比内地或乌鲁木齐、伊宁市的人要晚一周甚至更久。虽然说常常想一睹为快，但晚也有晚的好处。晚一周抑或十天半个月，更能让人拨开纷扰的纠缠，能够冷静地思考，拿到杂志时也会读得更认真，尤其每一期的卷首语，值得让人玩味许久。还好，这么多年来，《散文》一直没有让人失望。

在我看来，这本杂志不仅是编者的，更是作者的园地，我们的园地。在我们的园地里，编者有意营造着不唯名家、不薄新人的氛围，无论名家还是新人，在园地里，以文字为舞姿，各领风骚。若有无意闯入园地者，就会发现这边风景独好。我即是当年误入者之一。十多年来，随着年龄的增长，阅读《散文》的年限也渐长，越来越觉得这是一本有情怀的杂志，在鱼龙混杂的杂志之林，这是一本有良心的杂志。

在当年复印摘抄《散文》的文章时，肯定不会想到，多年后我会在新疆的一次笔会上见到杂志的执行主编汪惠仁老师，会和同学去天津时见到编辑鲍伯霞老师和张森兄。

当时肯定也不会想到，在我来新疆九年后（此时距离我接触《散文》正好十年）的 2013 年，我的一篇短文竟意外地出现在了《散文》第五期上。相对在其他刊物发表文章，此时的我感到格外珍重，只因和青春、青春的梦有关。

如今，而立之年刚过，青春终究也会过去。纵然青春留不住，但有《散文》伴十年。幸矣。

毕亮，现居伊犁。作品散见《星星》《青年文学》等。

有句话，
每一次都给我鼓舞
□丛桦

在《散文》上发表散文，是我一开始就定下的目标。

我开始写散文的时候，《散文》正好十周岁，我正好完成了从学生到教师的身份转换。在县城唯一一家报刊零售亭琳琅满目的杂志堆里，那么多封面脂香粉艳，《散文》仿佛众生喧哗中一平方英尺的寂静。它清简、内向，素净的设计风格符合我对一本文学刊物的定义。我一根筋地认为，一本书，尤其是文艺方面的书，应该是美术和文学的完美结合体，从形式到内容都能满足视觉上的审美需求，《散文》就是这样的。

从诞生那天起，《散文》就一直坚持这种审美品位，坚持文学操守。三十五年中，在社会变革、网络普及等因素的冲击下，纸质刊物你方唱罢我登场，多少文学期刊难耐寂寞，为了迎合市场，取悦读者，不得不改弦易辙，沦为消费品，就像二十世纪九十年代初，我曾特别喜欢的某文学选刊，曾经整篇整篇摘抄过上面的文章，后来却改为双月刊，刊发鸡汤文字，再后来又刊发广告、娱乐等内容，将一本特别前卫、特别有新鲜元素的文学选刊的文脉改到断绝，直至面目全非。在时间的洗劫下，只有少数文学刊物能够坚持初心，不改本色，不论白云苍狗，几代编辑轮换，都能一脉相承，《散文》就是其中的奇迹之一，走过三十五年的风雨沧桑而历久弥新，在每个时代都享有培养理想国民完美读本的美誉，在每个时代都是那些追求清洁的人文情怀和安宁的内心世界的人们的精神圣餐。

什么时候，《散文》成为我的文学信仰之一，没有来龙去脉可循，但我要上《散

《散文》1980 年第 8 期

《散文》2014 年第 9 期

> " 一本书，尤其是文艺方面的书，应该是美术和文学的完美结合体，从形式到内容都能满足视觉上的审美需求，《散文》就是这样的。"

正如 2014 年第 2 期《散文》卷首语写的那样："也许，这真的是一场战争，写作者和自己的一场战争。"如果发表，也是为了验证自己，找到一种标准，测量自己的高度。有的编辑，有的刊物，你在那里发表文字会有一种荣耀感和成就感。

我把《散文》当成我的试金石。

2000 年，我以一组写乡村中学的散文《井上生旅葵》探路，投稿给《散文》。无果。随后，我开始韬光养晦，以少有的耐性对付《散文》。

2007 年，我第一次在《散文》发表《枕霞旧友》。当时我乐疯了，基本上可以用"范进中举"来形容。

2011 年，我第一次在《散文》发表头题，《采访手记》。

2015 年，我的第一本散文集《山有木

文》，要成为《散文》作者的执著，却在心里扎根了。

"表达你的发现"，这句出现在每一期《散文》上的话，每一次都给我鼓舞。

在发表文章这件事上我总想，写作本是一件独乐乐的美事，自己耕耘，自己收获，

兮木有枝》，由《散文》所属的百花文艺
出版社出版。

在我的私人文学成长史上，我与《散
文》的每一次交集都具有里程碑意义。

在《散文》这里，我明白什么是万法
归一，明白不论前卫还是传统，不论豪放
还是婉约，乡土还是都市，不论派别，不
论地域,不论亲疏,好文章的标准是一定的。

在《散文》发表之后，马上感受到这
份杂志的影响力，因为我的名字很快出现
在《读者》《意林》《格言》等畅销杂志上，
而摘录源都是《散文》。

更多的时候，我是《散文》的读者，
在或者睿智、或者优美、或者思辨的文章中，
与那些我喜欢的作者相遇，在母语构建的
世界里，在看不见的时空里，看他们抒写
心灵，参与我的精神发育。那时，我会由

衷地感谢《散文》，它在读者心中的意义，
就像霓虹灯之上的月光。

现在，《散文》三十五岁了，这是
一个美好的年龄，焕发出成熟的魅力，
三十五年中，它构建着散文的概念和大印
象，凝聚着几代人的记忆，相信以后的日
子里，《散文》会一如既往地守护着这片
精神高地。

祝福《散文》。

丛桦，供职媒体。出版有《山有木兮木有枝》。

散文之心
□存朴

每天去郊野散步，都会经过一条土路。穿过一块菜地，爬上山冈，坐在树荫里，看枝头长出新叶，听几声鸟鸣，甚至听到自己的心跳。沉静的时光，一点一滴地，抹去内心的动荡与不安；藉由沐浴般的自我洗濯，身体之内的尘垢感逐渐消解。

——散步，翻书，写字，日子在平实和淡泊中度过。流迁多年后，这是一个外乡人的安慰，得偿所愿。像散文一样生活，自由，内在，安然——愚钝似我，多年以后，才恍然明白。

二十多年前，在信息蔽塞的乡村，学校经费有限，教书所得，还不够日常开支，除了教科书与几本翻得纸张皱缩的小说，很难读到文学期刊。对一个怀揣梦想的年轻人来说，阅读匮乏与物质清贫，无异于双重桎梏。1987年冬月，在简陋的学校阅览室，我第一次看见《散文》，被其清新质朴的封面设计、刊名古意而松秀的书法字体所吸引。文字气息那么投契，沉着，蕴藉，开阔，丰沛，如面晤良师好友，一读之下，个体精神打开了某扇视窗，寒朴的日子，仿佛也添了某种暖意。那时候，我尝试习诗，却偏爱散文，大约是这种文体出入便宜、去留随意的缘故吧。教课间隙，期待读到新一期《散文》，成为像等待朋友书信一样郑重而愉悦的大事。如果说曾经的生活像一片沙漠，那几年，《散文》赐予的精神滋养，当如泉水浇灌。

1992年春天，因家庭变故和生存压力，我离开学校，扮演起流荡四方的小贩，生活真实而具体地落实在日常细节里，一分一厘，一斤一两，斤斤计算的头脑滑稽而麻木地沉溺在车船远路之间，在貌似小贩

《散文》2010 年第 12 期

的角色错位里张皇失措。曾身无分文在倾盆大雨中露宿城市街头，也在深夜的铁路小站被人暴打，甚至，因为被一位教过的学生偷去衣物贩卖而自嘲。小贩之后，我以负债者身份进入南方工厂，长达十几年的"与狐谋皮"，与工业机器纠缠不休，完全与阅读和文学截断了因缘。泥潭一样的日子，动荡不居的身心，会让人失去生活的热情和勇气，而最后的挽救，恐怕还是最柔软处残留的那点"文学之心"。2004 年夏天的一天，我因约好和客户在某书店门口见面，那天客户迟迟未到，无聊中走进书店翻书，我记得当时愣了片刻，内心深处有轻微的战栗。《散文》这本睽违多年的刊物，像亲人一样，赫然出现在眼前，刊名熟悉的书法字体，古雅素净的封面装帧，再次拨动内心那根弦——想起

《散文》2005 年第 10 期

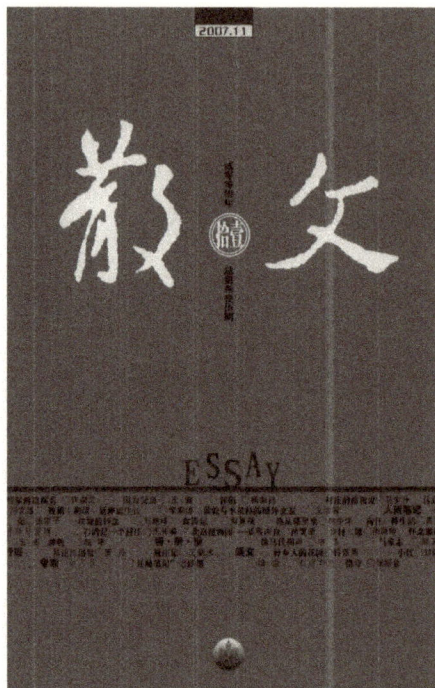

《散文》2007 年第 11 期

早年阅读时光，有种恍如隔世的错愕之感。记得那期是当年第 7 期，虽然编辑换了，栏目设置变了，让我难以置信的，是刊名题字的始终如一，是文字气息的始终如一，沉静的、淡然的、凝练的、辽远的，等等。

时隔多年，我已面目全非，而它在我之外，像越长越丰茂、越长越挺拔的樟树，清气自散。我把那一期带回了工厂，深夜在灯下，读着每一篇文字，摩挲着纸质，就像摩挲个人的往昔时光，有点矫情地说，百味萦心。

> "我明白了编辑与作者之间，是一种'信'的厮守，毋须过问稿子结果，也不必拘于俗礼，作者眼里只需要'文学之信，散文之信'；编辑的眼里，有作者，更有散文自身的绳墨与尺度……"

我记住了一些名字，刘雁、汪惠仁、鲍伯霞、张森、郭亚红等。也许，那是一种注定，在我被文字所抛弃、被物质生存所束缚的时候，冥冥中，会有那次书店的偶遇。随后的两年，我每个月如约去书店购读《散

文》，也逐渐恢复了读书。虽然，时间上那么捉襟见肘，心思上那么混杂无端，还是给"经理"这个词注入了一丝异于庸常的柔软感和新鲜感，也催生出个人精神取向的重新选择。

2005年10月，当我读完新一期《散文》，便贸然地起笔写字，似乎觉得自己的那点技艺大可以尝试一番，无论如何需要尝试一番。落在电脑屏幕上的散文题目是《莲藕》，正是故乡荷花开尽、残荷霜折的秋天，想起老家，回想无为在歧路的年月，觉得现世的一切都难以解释，而感性意识密集交织。后来的年余，我忙里偷暇，在网络论坛"日记体"式地写和发，始终没有勇气把习作投给《散文》。我深知内心锈蚀多年，需要不断打磨和擦拭，让其发出光亮，即便些微。2007年，耐不住自我认知的模糊，我把《莲藕：趴伏、

延伸或生长》投给了刘洁老师，文字见刊后，我似乎没有太多喜悦，反而怀疑编辑是否看走了眼。果然，稍后的好几次投稿，都泥牛入海。同年8月，我终于确认自己再也无法在原工厂暮气沉沉地待下去，花六个月时间辞职离开，另外找了份闲适的工作，如本文开头所述，开始了散文一样的生活。那以后，心境初定，一些写字认知逐渐明晰，不仅是生活本义，即如写字，也不存急躁功利心态。"为文先做人，是什么样的人，笔下大抵是什么样的文。"一位至今未曾谋面的朋友如是说；而《散文》那种沉着、包容、持守、实诚的"散文之心"，作为提醒或教养，让我终于安静下来。

没去过天津，至今未曾见过诸位编辑老师。汪惠仁先生，他的书法字体我是认识的，骨力中见散淡，线条刚柔相济，高古而不拘泥，端秀中见洒脱。他写的卷首语，结集为《天津笔记》，充满人文情怀与文学关怀，我也认真学习过，自以为受益良多。鲍伯霞老师，是继刘洁老师责编拙作后的第二位责编，不多的两次电话中，柔和而从容的女声，俨然是《散文》的侧影。自鲍老师起，我明白了编辑与作者之间，是一种"信"的厮守，毋须过问稿子结果，也不必拘于俗礼，作者眼里只需要"文学之信，散文之信"；编辑的眼里，有作者，更有散文自身的绳墨与尺度——这是编与写之间的另一种默契吧。张森老师，这位比我小十多岁，在我偶尔获得他的联系方式后，总是以"弟"自谦，不多的几次谈天，他的受传统文化浸染和具有现代思维的谈锋，有时让人乐不可支，有时让人深思。我们谈过一堆书籍，也谈过一堆小吃，我们提到天津狗不理包子、广东话、香港电影和东野奎吾，还提到白衣胜雪、鸡鸣狗盗。自然，也提到我的习作。对一个作者而言，那些表扬自是鼓励，那些温和建议是婉转的批评，从来都是爱护与希冀。在温厚与清醒的交流中，一个编者的《散文》之心殷殷可感，一个作者的"散文之心"日趋虔敬。我相信，余生无论什么样的处境，都会在此种"散文之心"的荫护下，安宁自处，敝帚自珍。

《庄子·大宗师》里有个故事：子桑户、孟子反、子琴张三人言及生死，淡然处之，看法惊人地相似，因此"相视而笑，莫逆于心，遂相与为友"。莫逆于心，精神上的相知和契合，从审美理想看，最具超越感的优美意境。

存朴，广东省作协会员。作品散见于《天涯》《散文》《百花洲》《作品》等，出版有《私人手稿》。

我和散文，
这十年

□江少宾

江少宾

2005 年一个暮春的下午，我忽然接到《散文》编辑部的电话，电话那头，传来一个低沉的男中音，他说，第 7 期《散文》，将刊发我的三篇散文：《倦鸟》《冰冷的火焰》和《看见》。三篇都用吗？我有些不信，电话那头的男中音笑了，都用！这个温暖的电话像一束熊熊燃烧的火把，瞬间照亮了我的困境，一直到今天，我依旧记得那一份欣喜和激动。在此之前两三年，我一直给本地的一些报纸副刊写稿，偶尔，也会漫无目标地给一些文学期刊寄去一些投稿信。在一封又一封投稿信相继石沉大海之后，我终于怀疑起了自己的写作能力，甚至怀疑自己根本就不是一块写作的材料，这大大动摇了我写作的信心。就在我几乎要放弃文学散文写作，专门准备写一些有感而发的"副刊体"时，《散文》杂志向我这个无名的基层写作者敞开了大门！也正是从这时候开始，我走上了文学散文写作之路，发表也随之顺利了起来，还意外地收获了几个全国性的散文大奖，博得了一些虚妄的名声。

那时候，单位附近有一家书报亭，每到月初，我总要去浏览最新的文学期刊，一来二去，便和老板成了熟人。接到电话之后，我就把这个消息告诉了老板，并叮嘱他多留几本当月的《散文》。听到这个消息，老板似乎比我还要兴奋，他坚持要请我喝酒，并喊来了一大帮熟人，那顿晚餐的规格相当高，规模也相当隆重，我被老板推为"座上宾"。第7期《散文》上市之后，他专门为我留了五本，而且分文不收。更让我感动的是，老板又在第9期《散文选刊》上看到了这组文字，再次免费送给我五本。报刊零售应该是小本生意，基本上无暴利可图，但热心的老板却抱持着一颗对文人的敬畏之心——以前他一直叫我"江记者"，从此之后则改口叫我"江作家"，遇到刊物发表我的文章，总会一本本地将我的文章对折起来，并将那一期刊物摆在最显眼的位置……这一份善意让我心存感激，直到数年之后，他忽然转行投身房地产，我才知道，他手里居然还留着一大捆刊物，这些天南海北的刊物，毫无例外地都刊有我的小说或散文。有些刊物悄然转载，我居然一直毫不知情。

如今，一晃眼的工夫，十年时间过去了。几乎每一年，我总要在《散文》上"混个脸熟"，或回忆亲情，或谈论生活，或思考人生，可以说，《散文》杂志既记录了我这十年的散文写作，也见证了我这十年的心路历程。如果没有《散文》杂志，或许我早就放弃了散文写作，也或许已经改弦易辙，沦为"心灵鸡汤"的批发商和供应者。因此，十年来，我一直在感恩中写作，也一直在感恩中订阅着《散文》。有了一些虚妄的名声之后，我时常会接到一些年轻的散文写作者的"请教信"，每一次，我总会不遗余力地推荐《散文》杂志，

也总会一遍又一遍地复述《倦鸟》"诞生"的过程。我不知道有多少散文写作者如我一样幸运，但我总会一而再再而三地煽动他们：好文字，不会一直湮没无闻。如果你对自己的文字足够自信，请直接寄给《散文》杂志的张森。

张森，《倦鸟》的责任编辑，也是十年前给我打电话的那个人。在许多次文学场合，我都像老朋友一样提到《散文》杂志和他，虽然我从未拜访过《散文》杂志社，也从未见过张森。十年来，我每年都给张森投稿，附上一封简短到不能再简短的问候信，有时候，甚至连一句问候都没有，直接写上自己的大名。我不知道张森对此有何感想，但在我，只不过是请一位老朋友看看我的近作，我只是想告诉他，我一直没有丢下散文写作，也一直没有忘记《散

> **可以说，《散文》杂志既记录了我这十年的散文写作，也见证了我这十年的心路历程。**

少的部分。我不能想象无法再写作的日子，我写作，其实是在安顿和慰藉自己的灵魂。

——感谢散文和《散文》。

文》。正如当初那个默默支持我的书报亭老板，2013 年，他忽然消失了，至今去向不明。但我一直没有忘记过他，也没有忘记过那顿弥足珍贵的晚餐。他和张森一样为我雪中送炭，而我，却从未有过丝毫报答。我本书生，用心写作，用心写出好作品，或许就是我能给予他们的最好的报答吧？

屈指算来，我已经写了十年的散文，散文写作，已经成了我生命中须臾不可缺

■ — — — — — — — — —

江少宾，供职媒体。作品散见于《散文》《人民文学》《青年文学》等刊物。

何为《散文》

□江子

江子

一

《散文》是有眼光的。

以我个人的成长为例，从2001年在《散文》发表千字散文《青花》以来，我的散文写作的路上，是一直感受到《散文》的注视的。十四年来，《散文》包容我的任性，给我发了个人作品小辑，三期连载，无论是乡土题材作品、井冈山题材作品、青春成长题材文字、带有实验性质的写作,《散文》都不吝啬版面。它还纵容我的长度,我的数篇近万字的习作,也得以在上面发表,要知道它的每一期容量大约只有十万字。

不知《散文》在早年是怎么看出我的散文写作的些许潜质的。

如果没有《散文》,我的写作肯定就不是现在这个样子。——它参与了对我的散文观的培养,介入了我的散文写作的经营盘算。甚至,介入了作为一名散文作者人格的形成。

它其实不光是纵容,也有批判。我每一次写作上的改变,《散文》都会敏锐感受到并对我提出中肯的意见,甚至是醍醐灌顶式的提醒和批评。

我知道不仅是我,《散文》对很多它认为有一定才华的散文写作者都给予如此的纵容与提醒。

而它们的版面上,你是很少看到那些俨然大佬但其实精神僵化气血不畅的文字的——这样的拒绝,不仅证明了眼光,而且标示了勇气。

二

《散文》是有传统的。

我想它是承继了中国儒家的精神衣钵。从《散文》中,你很容易读到"仁"——无论对历史、对民间,它都是饱含了"仁"的精神。

它不发表气势汹汹的文字。

它不刊载脏的文章。

它从来都关注现实,和苍生。对当代中国复杂的现实它热衷于映照,以卷首和作品的方式。入世，从来就是中国儒家思想的重要体征。

它拒绝软绵绵的文字。

它拒绝精神侏儒的写作。

它强调筋骨与温度——重新翻开二十世纪八十年代的《散文》和今天的《散文》，我们发现这样的态度于《散文》是一脉相承的。

它还似乎一直强调写作者的修养——几十年来，《散文》作者的文字里，多见中国传统文人的温润、谦和与宽厚。

三

《散文》是有性格的。

这么多年来，你没见它搞过评奖，我想也许它知道，评奖是喧嚣与偏颇的。奖并无助于《散文》的发展和散文的发展。

它也不搞采风。也从来没见过它发过哪个地方的众作家的集体采风之作——我想，作为一个老牌知名杂志，不会没有部门去找它谈合作意向的。但从刊物的内容看，他们都没有成功。

它也不搞研讨，也不主动给哪个作者开研讨会，也没见哪个散文作家的研讨会主办或协办单位挂了它的名。或许它以为，对于散文来说，所有的研讨都是虚妄的。

它只关注散文的内在。

它只以文本说话——或者说，它只让文本自己开口。

它知道散文背后的真正支撑是写作者精神的自由和灵魂的独立。

它通过文本来努力塑造作者与读者这样的品质，除此无他。

它是一个静静的杂志。而真正的散文

> **它是一个静静的杂志。而真正的散文写作，就应该是静的——像大海深处的寂静，荒凉、辽阔。**

悄不做声，但孕育着思想的珍珠——这样的孕育或许还需要忍受些许的胀痛。

四

谢谢《散文》。

写作，就应该是静的——像大海深处的寂静，荒凉、辽阔。

　　它是中国文学杂志之河中的一只河蚌，

江子，供职于江西省作协。著有《在谶语中练习击球》《入世者手记》等。

我看《散文》

□金宏达

新近搬进一个小区，多少有些新鲜感。有一天刚进电梯，正要关门，急匆匆挤进来一个人，是一个比我岁数还大的老者，手里捧着一摞报刊，上面正是一本新出的《散文》，那封面原是我眼熟的，不免引起我注目，很有一种"他乡遇故知"的感觉。"您也常读这本杂志？"我脱口问道。"哦，好多年了，老读者了。"他抬眼看了看我，笑意盈盈地对我说："这个刊物不错。纯文学。""我也是它的老读者，幸会幸会，我刚搬到这里，什么时候我们一起聊聊。""好啊好啊。"正说时，电梯已停在他所住的楼层，竟未来得及问他的房号，便挥手告别了。我平时不大出门，即使出门，也竟未再邂逅这位同好，与他深入谈谈对《散文》抑或对散文的看法，但他不择言间说的"纯文学"这三个字的

金宏达

《散文》2011 年第 9 期

《散文》2014 年第 3 期

> 我非常欣赏这样一句话："用文字打败时间。"《散文》是这个战役的组织者，它的坚守，当令大家非常鼓舞。

评价，却久久萦回在脑中。

我不知道现今判别一部作品或一个刊

物用"纯文学"的标签，是一种珍惜，还是惋惜，但看是否畅销的世道，标签以"纯文学"者，大约都是境况不太妙的。有一次和《散文》的编者谈起，被告知《散文》的订数居然还不低，颇出意外。这大约就是有我所偶遇的那样的读者还在坚守，有我读过其文字却未曾谋面的各位作者还在坚守，以及有这样一本刊物始终不改初衷还在坚守的缘故。我自己常常读些散文，也偶尔写些散文，有时会想，为什么散文还值得读，值得写呢？直白一点说，就是因为周遭的泡沫太多，如同张爱玲说的"为要证实自己的存在"，不能不求助于"生活过的记忆"，在无边无际的泡沫中，抓住一点点沉淀，和沉淀下一点点什么。这就是散文的价值和意义。和小说、影剧相比，散文或也会有一些虚构，但虚构的成分要少，泡沫或者也会稍少一点，留存的几率也会更高，不知道这会不会是一种偏见。

这个时代不是一个遗弃散文的时代，也不应该是。散文与实用关联最密切，就其广义而言，几乎所有非韵文都可以划在散文范围，微博兴盛时，铺天盖地都是一百四十字内的精短小品，而今微信风靡处，朋友圈里更是谈辞如云、佳言如屑，我觉得稍有遗憾的是要抓住，要沉淀，不

然也就等同了微尘。这是《散文》以及同类阵地的使命，当然不是将杂乱无章的东西都搬进来，而是要导引无章的变为有章，是为"文章"。这是一个提炼和提升的过程，它更要依赖于有眼光、有手段、有素养的作者，撷取一切热土上野蛮生长的素材，注入神思与旨趣，锻炼文章的精品。我非常欣赏这样一句话："用文字打败时间。"这是一个很高的期待，不是我们都能达到的，"虽不能至，然心向往之"，《散文》是这个战役的组织者，它的坚守，当令大家非常鼓舞。

■——————————————————

金宏达，中国现代文学研究专家。著有《小说：敲碎与缀合》《中国现代小说的光与色》《玉殇》《鲁迅文化思想探索》等。

嗓音

□李晓君

正如大多数作者一样，我第一次在《散文》月刊发表作品，是自然投稿。2002 年第 1 期发表了《影像，或独白》，同年第 11 期发表了《李晓君作品小辑——片断与札记》。这两组带有"新散文"痕迹的作品，是张森责编的。我与《散文》的结缘，某种程度上确定了此后创作的主要方向：散文。之后我基本放弃了写诗。可能是出于对散文的热爱，也可能是分心乏术的愚拙，我总难做到一心二用。

依然记得某个紫气萦绕的夜晚，接到张森的电话，说《散文》月刊新创了个栏目，并且将发表我的《片断与札记》。当时并不知道电话那端富有磁性嗓音的张森，是个八〇后，那是一副诚恳的富有感染力的嗓音，很难想象出自当时仅二十出头的小伙子之口。之后，我们第一次见面，我

的文风与面貌，也给张森一种错位的感觉。因为机缘，后来还见过汪惠仁主编和刘洁老师。作者与编者的关系，自然因为稿件而天然地具有亲近感，但是我对《散文》杂志诸君的感觉，却有一份体己的知音般的感觉。锐利，散淡，温暖，高远，这是《散文》杂志和编辑给我的总印象。

《散文》月刊的嗓音与其他刊物不同。这么多年，它始终像一个人一样，保持着完整而清晰的嗓音，如雨中的柳树，清新而舒畅。它的倒影里，有着喧嚣的世相里宁静的天空——仿佛是它的"本心"。无论如何，散文的现场，虽难掀起大的波澜，但始终也是热闹的。尤其是新世纪以来，随着一批颇具雄心的散文家的崛起，散文家在文坛扮演起越来越重要的角色。散文"一成不变"、顽固的面目，在新锐散文

家心里变得忍无可忍。自然，争议与辩论，不时出现在报端和其他媒体版面。我自己也无法隐藏写作的倾向，对于语言与修辞虽没有到挑剔的程度，但也是比较有文字洁癖的。我无法容忍粗陋的文字，以及伪抒情的腔调。我对《散文》给我的包容和肯定充满感激。

作为一个老牌刊物，《散文》却始终让人觉得年轻、毫无暮气。甚至与它地域上的北方背景都有不少的差异。我毋宁想象它的身后是江南的拱桥、流水和小船，是名士风流，是月白风清，是桨声灯影。因而，我觉得它是包容的，因为没有偏见和预设的标准。好稿，对于编者来说，也许只是一种气质、一种感觉、一种说而不说的深意，并不是对方的名头、亲疏、流行文风，因而它始终为更广大的读者和作者所接纳。

《散文》虽给人以清晰而稳定的面貌，但似乎很难说持有某种强烈的立场。对于一个写作者来说，他在艺术上强烈的主张和倾向，有时甚至需要剑走偏锋的尝试。但《散文》并不想为此提供试错的机会。这是一个成熟刊物的定力和底气。

刊物是有气味的，有些刊物能闻到酒气，有些能闻到茶香。《散文》显然属于后者。《散文》的编辑给人以"散淡"的感觉。酒气的"浓烈"，有时极易形成一种亲密感，一种强烈认同和抱团，但浓烈往往难以持久，散淡才能高远。如果说《散文》有什么倾向和立场的话，散淡和高远似乎是他们有意为之的。

我天性不浓烈，因而极喜欢《散文》这份散淡。这么多年，在上面发表的稿子也有十数余篇，都是张森责编的，对他和《散文》心怀感激，但也都是散淡之交而已。某次，与夏磊聊天，他说，在《散文》发稿十余年来，与责编鲍伯霞老师竟未谋面。去年底，汪惠仁主编来南昌参加滕王阁文学院活动，晚上同在百花洲文艺出版社小坐，慕名汪主编书法，现场求教，对于我这个于书法甚有兴趣的人来说，是极愉悦而难忘的。数年前在庐山，汪主编与江西几位散文作者同在花阴柳叶间漫步，其沉默而温良、睿智而思省的气质，也给大家留下深刻印象。君子之交如水，清澈而潺潺，沉静而长流。

当此喧嚣之世，富有洁净感之人之事，总是珍贵。而《散文》属于美好事物之一种，在风和日丽或风雨如晦的天空下，在古典中国或现代中国泥沙俱下的江河中，在鲜花铺路或荆棘丛生的旷野里，在无限清明或幽暗不已的人心中，在晚风中低唱，在清晨里歌吟。

■— — — — — — — — — —

李晓君，供职于江西省文联。著有《时光镜像》《昼与夜的边缘》等。

我与《散文》

□彭建德

彭建德

大学时，有次得了气胸住院。父亲从湘北飞抵重庆，来到我的床前。我一直暗暗崇敬父亲。主要是他的一根筋，或曰毅力，或者还有点一口唾沫一口钉，所谓虽千万人吾往矣的东西，深深影响着我，让我觉得很酷。现在还这么觉得。

遗传基因是强大的。我完全遗传或者学习到了他做事的钻劲。据我观察，他的资质不如我，他学过一点东西，都不是很精。有钻劲，悟性跟不上等于零，他没有什么过硬的、入得了我眼的手艺。我们常吵架。最终，他多以一句话结束他的谈话，且不再多言："遇到爷好，一场好喜事；遇到崽好，一场好葬事。"意思是，他在省城给我买了房子，让我顺利娶上了媳妇。那么，他将来的葬礼，就看儿子的了。

我是他唯一的儿子。

我不但遗传了他遇事霸蛮的钻劲，也遗传并发扬了他的犟脾气。湖南人嘛，骡子。查族谱，从明洪武年间到我爷爷手上，世代在洞庭湖的支流新墙河打鱼耕地。直到父亲几钻几钻才参加工作，进了县城。好在如今我也进了省城。所以，湘人多年，

骡子了很多代。二人只能这么卯着。

父亲在渝照顾我几天。我们都是敏于事讷于言的人。可我突然有好多话要说，终究碍于肉麻，一句也没说。他返湘后，我写了一篇《病中杂记》，悄悄寄给了《散文》杂志。其实，我到现在也不明白什么叫散文。我浅薄的理解，把除诗以外的文字都叫作文，再细分，就迷茫了。

于是，在2004年9月的某天，我在《散文》2004年9期上看到了自己的名字，顿时感到久违的羞涩。急急地翻到印有自己作文的那页，仔仔细细逐字看一遍，又看一遍，还好还好。松了口气，觉得还不错，挺好，这才放心。掩卷，又不放心，还要翻开，在树荫下，悄悄看前面和后面的作文，好在也还不错，也挺好，才真正放心了，继续走路。

后来，也陆陆续续写过一些作文。动不动就往天津寄，要给汪惠仁先生指点。承蒙不弃，陆续刊载出来，至今感怀。再后来，我的兴趣发生转移，更热衷于练拳，作文写得少了。但《散文》杂志，怎么老让我想起王子猷雪夜访戴里的那个戴安道。我想来想去，其原因，无外乎这四个方面：

冰雪林中著此身。

不同桃李混芳尘。

不要人夸颜色好。

亭亭净植在乾坤。

彭建德，湖南省作协会员。作品散见于《散文》《芙蓉》《青年文学》《读者》等。

《散文》2004 年第 9 期

《散文》2013 年第 2 期

殿堂里的日常生活

□沙地黑米

散文于我，是精神生活的呼吸。是呼吸就没有之一，重要到必不可少，却日常到潜隐低调。

《散文》于我，一直是殿堂级印象。是殿堂就要用荡气回肠的大歌才能相衬，一般的呼吸，还是轻易不要靠近。这个印象，直到2008年与汪惠仁主编邂逅于北京，才得到恰当的校正。

那是在一个嘈杂的培训班，班里人多到爆棚，以至后来用广角照相机拍下的结业合影，有密集恐惧症的人都不忍直视。就在这么一个班里，课间，我、惠仁兄，还有《读者》杂志原创版的张笑阳主编——我们当时的班长，三个人在一起闲聊。确切地说，是他们抽烟，听我闲聊；他们很想拉我一起抽烟，但没能成功。我聊得不好听，人又太偬，不喜欢烟味。

就这么着，班里其他人都概无印象，只记住了他俩。汪主编是南方人，长年生活在北方，风雪不论，多了份冬天里令我羡慕的温暖。是的，我们好像聊到了南北冬日的采暖。

回来以后我就斗胆给汪主编主持下的《散文》投去了《我在北大的日常生活》和另一篇小文。殿堂还是那个殿堂，却因为有了记忆中的那份温暖，好像全然没了原先以为津门拱护京畿，自己就京畿起来的夸张想象。完全没想到的是，很快传来消息，稿子居然两篇一起就采用了，发在当年第10期上。当时本人作品早已在南方多地发表，但这个事情本身还是极大地震动了我——日常生活也能进入殿堂？！

那几年，我刚刚经历了职场变动，看到有人着迷于华丽的戏服、喧腾的锣鼓，像加速旋转的陀螺一样以为自己竟要飞起来；他们惧怕日常生活，因为日常生活这面平实的镜子会提醒他们变形的模样。他们甚至都开始以仇视日常生活的姿态，来宣泄对安守其间的人士的浓浓醋意了。我常想，他们得到的真多呀，可是，他们终究失去了什么，要如此的不安宁，如此狂躁呢？顺着这个思路，在回忆母校生活时，我就偏不写那些大家都津津乐道的宏大事件，而写了一连串"充盈在其间的细枝末节"，质疑"有什么样的宏大事件，配得上你我正在像沙漏里的沙一样渐行渐逝的人生时光"，并声明"日常生活就像沙子跟沙子之间也会有的缝隙，无处不在"。

这其实是一篇为日常生活正名的文章。是《散文》这个殿堂让不着战袍、讨厌刀兵的一介女子传出了凛然的正声，彰显了朴素的立场。这个杂志即刻令我刮目相看——它有士人的风骨，"身在清流格自高"，而今世，士人和清高都并不流行。

是什么样的力量，能在不流行中一直坚守？后来我一直是《散文》杂志的忠实粉丝，汪主编还送过我他的专著《天津笔记》，里面都回答了这个问题——原来《散文》多年坚持的编辑思想是"让散文成为它自己"、"一种不被引诱、在'黑暗里奔驰'的写作，只有它是真正关乎心灵的事"。

沙地黑米，作家、译者。出版有《品味桂林》、译著《达·芬奇笔记》等。

偶然

□沙爽

2002年春夏，我突然决定去沈阳进修，为此不惜将经营了几年的服装店紧急外兑。这是我成年后罕有的理性完全缺席的时刻，也因此创造了我本身并不具备的高效率——从填写报名表格、整理和邮寄材料、存货大甩卖到签署外兑协议，只用了半个月时间。等那个遨游天外的魂魄终于回到我的身体里，我已经在辽宁文学院的教室里坐了一个月，到了要放暑假的时候了。

回到营口，我发现到处都在修路，梦游后遗症让我有点儿精神恍惚。这天夜里，我在梦中读到文学院同窗写的一篇散文，忍不住痛哭失声。从梦中醒来，我突然明白那篇散文其实正是我的作品。于是我从床头抓过一张纸，匆匆把它记录下来。

坦率地说，那应该算是一组相当幼稚的文字，但它弥漫着一股梦游者才有的迷雾气氛。九月份开学，我把它当成暑假作业交了上去，意外得到了校方颁发的优秀作品奖——奖励是一尊金光闪闪的奖杯。

这个轻易到手的奖杯大大提振了我的自信心。忘了是从哪里抄来的地址，我在信封上的收信人一栏写上"《散文》编辑部收"，就把它寄了出去。

过了半个月，一位同学从传达室给我捎来了一封信，落款处赫然是百花文艺出版社和手写的"《散文》"字样。我拈住这封薄薄的信函，猜测里面只有一页纸——而我寄过去的文章是誊写在稿纸上的，多达四五页。既然我的稿子并没有被随信寄回来，那么喜讯的可能性居多；但仍有至少百分之三十的概率恰好是反向的。这壁厢我还在心念电转,那壁厢送信者仍牢牢杵在一旁,坚决要与我秘密共享。两下里僵持了足有一分钟,最后我破釜沉舟,拆开信封。

啊,感谢上帝!

我决定写一封回信对这位名叫张森的编辑表达谢意。出于谨慎,我跑去咨询教务处的老师:

"《散文》杂志社有个叫张森的编辑吗?"

"听说过。"

"男的还是女的呢?"

"男的。"

"那我写回信可以称他'先生'吗?"

"行。"

那时候我并没有想过,这是怎样的偶然,怎样的幸运——半个月,扣除邮路上的一往一返,我第一次投给一个陌生杂志陌生编辑的稿子,从初选到终审,最多只用了五天时间!

至于那一组题为《可能的文字》的短文,后来就发表在《散文》杂志 2003 年第 1 期。这是我今生创作的第一篇真正意义上的散文作品,不仅意外发表在国内散文界的一流刊物上,还入选了当年度的两个选本,一个是人民文学出版社的散文年选,一个是百花社的散文精选集。

上天一直对我格外眷顾,这是其中的一例。

从诗歌到散文,这个跨度并不算远,但对我来说却意义非凡——讲述自己不再让我感到羞耻。有一些东西开始从我的生命中离开了，而剩下的部分在加倍淤积。双子座的分裂型人格在我身上体现得如此明确，坐在电脑前写作的，永远是那个任性的、旁逸斜出的我。而那个谨慎的、对荒诞的生活满怀耐心的家伙，越来越少地，从我的世界里一闪而过。

批评的声音总是在开始的时分显得异常强劲。他们说，我写得过于旁逸，有的词句出现得毫无道理；他们说，我选择的路径过分狭窄，一眼就可以看穿不远处的未来。感谢《散文》，在那几年里，基本上是以每年两次的频率，一再推出我的作品。在我初出茅庐的 2003 年，《散文》分三期发表了我的五篇作品——据说即便是成名多年的作家，也难得受到这样的礼遇。而正是这一年年底，辽宁文学奖·散文奖在营口举行颁奖仪式，我和几位同事作为

> 而直到今天，我还是未能实现早年的那个美梦——写出让自己真正感到得意的作品。但是那又有什么要紧？既然生命也不过是两个细胞的一场偶遇，既然所谓的青史留名更接近幸运儿们击鼓传花的独幕喜剧。既然《散文》还在，而我也将一个字一个字地写下去……

工作人员忝列欢迎酒宴。席间，我的同事、当时担任《辽河》杂志副主编的黄大为，

向坐在我们身旁的两位老师介绍我的这一"成绩"。那两位作家点点头，一边继续埋头主攻各自餐盘里的大闸蟹。但坐在我们斜对面的著名散文家鲍尔吉·原野听到了这句话，却显然吃了一惊，他从营口文联两位副主席悠长绵密的劝酒辞中扭过脸来，半信半疑地向我们审视一眼。

过了一年，2004年年底，我到北京参加一个会议，见到了诗人车前子。我刚报出我的名字，他接口便问："沙爽？是常在《散文》发表文章的那个沙爽吗？"

经车前子这么一问，我决定去看望一下让我忽然变成了知名人士的张森编辑。会议结束，我赶到天津的一家咖啡馆，请张森吃了一份盖浇饭，并坚持付了两个人的七十元餐费，然后拎着张森送给我的几本书，满头大汗地跑回北京赶火车。直到

《散文》2015年第3期

七八年后，我偶然想起这场会见，很不好意思地问张森："换了别人，应该会想到要给你带点特产或小礼物什么的吧？"

对话框上，他发回来六个代表省略号的点。

通过张森，我不断接收到来自《散文》主编汪惠仁先生和其他编辑——比如鲍伯霞老师——对我的某些小文的肯定和赞美。尽管从未谋面，但他们恍惚成了我远方的亲人，让我觉得自己有了与世界对抗的资本。那些让我备受打击的声音开始慢慢地低下去，或者，是我单方面地屏蔽掉了它们。

而直到今天，我还是未能实现早年的那个美梦——写出让自己真正感到得意的作品。但是那又有什么要紧？既然生命也不过是两个细胞的一场偶遇，既然所谓的青史留名更接近幸运儿们击鼓传花的独幕喜剧。既然《散文》还在，而我也将一个字一个字地写下去，既然我种在窗前的草莓正在四月的风里绽开花蕾……上天赏赐给我的世界，已经如此完美。

沙爽，辽宁省作协签约作家。作品散见于《散文》《钟山》《青年文学》《山花》《美文》等。

我产卵

□王陆

2002 年夏天，我写好《1978 之恋》，寄给《散文》。三个月没见动静，半年也不见动静。鳄产下一枚卵，却没有孵出小鳄，就不再盼了，又爬回沼泽中。

转年夏天，收到刊物，是《散文》2003 年第 7 期，首篇就是《1978 之恋》，扉页还为此写了编语。大概是因为找最后写了"如果 1978 年成为遗迹后又被夷为平地，甚至在平地上面盖上了私人别墅呢？"编语写下："太多的事情是 1978 年无法预料的，但无须害怕……"

转眼十三年过去，我们都获得了证明。我却越来越害怕，而《散文》依然是信仰未来。在一个强拆的地址上，有《散文》树影荫凉，我找到湿沙。湿沙能深挖一尺半，温度正好。

我每年有这么一两次爬到这里来产卵。

每年少则一篇，多则两篇，有的好，有的不好，也有孵化不出的。好在，这里春和景明。若孵出了小鳄，《散文》比我还要喜悦。后来有《独舞》《蝴蝶有声》《否定》《如果精神独自停泊》和《讲汉语》，都是它全力给推上全国散文排行榜的。孵化不出的死胎，它比我还惋惜。像《朝鲜之歌》，多少年过去，我忘记了，它还不忘记。

我一直是迁徙的侏儒鳄，但产卵期的时候，却固定在《散文》这个地场。树荫是一个，湿地也是一个，苇草可生，蚊虫可鸣，侏儒鳄也可自由。

这里不是江湖，也就没有江湖纠结。它没有话。它就从来没问过我，是男是女啊，是哪级会员几级作家啊，什么面貌什么职业啊。它也从不告诉我，为什么这篇用，为什么那篇不用。我得了什么奖，它也不

王陆

告诉我。

我也就没有话。十三年，一直就是，我下蛋，它孵化。然后，我再下蛋，它再孵化。全是稿子说话。有那么多责任编辑，我连一句感谢的话都没对他们说。

要说，我们还是有一次私人交流的。

应该是八九年前的事了。我收到执行主编汪惠仁的信。说，他到了大连，看过"熙来小草"，看过女警大马，想看我，跟大连作协打听我，却没有一个认识。他写道："加入（作协），好；不加入，也好。野草自形。"这话让我愣了好几年。其实，我早先不是没有变性的想法，不做野草做水仙，进客厅，求摆布，给主人来几缕情调，当是幸福。

我求汪惠仁，把这"野草自形"写成字幅赏与我，悬壁面对。他书法很好，却没有给我写。我猜，他这是在说我：你快六十的人了，还怕守不住自己本性？

是，我怕，而且越老越怕。每当产卵的时候，我都要趴在窝里反复看，怕基因有变。

我还怕，怕《散文》有变。一旦这块湿地哪一天给填埋了，修了亭子，建了会所，养竹养松养鹦鹉，可该如何是好？所以，我每次寄稿都要查上一期杂志的地址，生怕错了。

王陆，现居大连。于《散文》发表作品《1978年之恋》《否定》《蝴蝶有声》等。

我与《散文》

□王月鹏

是在 2007 年 2 月，汪惠仁老师从自然来稿中编发了我的《鲁山，在鲁之山》，当年 8 月，他又在《散文》头题位置刊发我的《齐国故地》。

八年过去了。《影子》《西沙旺》《空间》《然后》《在广场》《童话书》《一滴酒里的世界》《卑微的人》《雾里的人》《何处是归程》《另一种桥》《血脉里的回望》……八年来，我所写下的最为看重和偏爱的作品，都是经由《散文》的发表，才引起了更多关注。我的所谓探索与固守，变与不变，《散文》都宽容地接纳了，从津门到烟台，这一程长长的援手，伴随了一个基层写作者的成长。回想这些年走过的路，这份叫做《散文》的杂志把我的变与不变都视作一个写作者的成长的一部分，给予了最大限度的理解，换言之，《散文》

所关注的是一个写作者在艺术成长上的整体性和更多可能性，而不仅仅是发表一篇或几篇文章，作者与杂志与编者之间，也就有了更深层面的精神认同。

《散文》是一份有胸怀、有情怀、有关怀的杂志。它的独特，在于它从来不标榜自己是唯一的。这亦是它的包容性的另一种体现。据我的有限观察，三十年来几乎所有的散文流派和重要的散文家，都在《散文》发表过作品。也就是说，在《散文》的声音里，汇聚了众多不同的声音。有胸怀汇聚不同声音是可贵的，更可贵的是，它在汇聚了众多不同声音之后，仍然不变声，不走调，不装腔，仍然在坚持自己的最初的声音，并且，从不试图用自己的声音去覆盖其他的声音。它始终捍卫的就是"表达你的发现"，它最看重的是"你的

王月鹏

发现"，对"你"却不做所谓的限定和改变。

曾经，我对当下散文写作是有诸多愤慨的，认为热热闹闹的散文圈里充斥着太多装腔作势的写作，散文成为一些人附庸风雅、沽名钓誉的工具，散文应有的尊严受到了伤害。记得我与汪惠仁老师谈到这个话题时，他说当下散文是个塔状结构，由不同的层面组成，不同的存在都是可以理解的。很久以后，我才理解了他的这句话，也更加理解了《散文》的宽容和包容。

在这样的一个时代，那些最风光最热闹的，必定不是最优秀的。《散文》没有追逐什么，它在固守一些被遮蔽和被放弃的品质，不管这个世界怎样热闹，不管散文圈如何喧哗，《散文》一直是安静的。安静是最大的自信，安静也是最大的力量，这种力量以《散文》独有的方式介入阅读之中，在读者那里产生了超越文本的力量。

安静的表情下面，自有最汹涌的思考和表达。

每次在《散文》发表文章，我总会收到陌生读者的反馈意见，甚至有读者专程来到我所生活的这个小城，只为了看一看我写过的那片海和葡萄园。那一刻，我更加相信文学是有力量的，这种力量可以穿越距离和时光，直抵人心。

与张森兄至今未曾谋面。去年在鲁院高研班就读期间，我与同学黄咏梅、安庆、何立文一起去过《散文》编辑部，很遗憾那天张森兄不在。我们通过几次长话，他对我的写作的熟悉和理解，特别是对《血脉里的回望》的格外偏爱，每次回想都很感动。

八年了。最初在《散文》发表作品的

> 在《散文》的声音里，汇聚了众多不同的声音。有胸怀汇聚不同声音是可贵的，更可贵的是，它在汇聚了众多不同声音之后，仍然不变声，不走调，不装腔，仍然在坚持自己的最初的声音，并且，从不试图用自己的声音去覆盖其它的声音。

像是一种安慰。远在天津的《散文》杂志和汪惠仁老师，在我最艰难的时候给了我信心和勇气，我是捧着这一灼火焰，一程接一程走过来的。之前和之后，《散文》在我的心中都是不可替代的。

时候，我还在政府机关里写材料，白天参加各种会议，夜晚加班熬夜是常态，极度的苦闷和焦虑之中，散文写作于我而言更

王月鹏，现居烟台。出版有《怀着怕和爱》《远行之树》《血脉与回望》等。

48

一个人和《散文》

□王族

我从部队转业到出版社的那一年，几个月过后都没有和办公室的老李说过一句话，但却听说了老李与《散文》有关的事情。在这之前，听同事说起过老李的两件颇为有趣的事情。老李文字功底深厚，能把"谈论国事""无尚荣光"校改成"谈论国是""无上荣光"，让全社编辑自愧不如。老李在出版社多年，却从未从事编辑工作，一直在办公室干行政。出版社有很多人劝他改行，如果他编书一定是一把好手，什么奖拿不回来，什么好书编不出来？但不论谁劝，他都一脸漠然神情，从不表态，便没有人知道他是什么想法。大家一直劝到老李过了五十岁，眼看着他已接近退休年龄，遂打消了再劝他的念头。

有一天一位同事告诉我，老李说咱们出版社只有一个半好编辑，其中的一个是正在办调动的一位博士，他研究中亚历史在新疆无人能比，而另半个指的是我，我之所以在他眼里算半个好编辑，是因为我发表和出版过东西，出版社一直缺文学类图书编辑，我刚好补这个空缺，但我到出版社时间还不到一年，只能算半个。我听后很高兴，在老李眼里虽然我只算半个编辑，但比在别人眼里算一个好编辑还强。不过，看着老李就这样从出版社退休，我便知道自己二十年后也将如此，内心不免怅惶。

之后不久，我听人说老李多年坚持订阅《散文》，每期刊物到了后装入随身的包中，每天上班带到单位抽空看上几篇，下班遂带回家又看。我很熟悉《散文》这本刊物，亦喜欢了很多年，而且知道很多写散文的作家都喜欢在《散文》上发表散文，

《散文》2013 年第 1 期

我有一位作家朋友说，写散文的人，如果在《散文》上发不了散文，那他就白写了。听他说那话时，我还没有在《散文》发表一篇哪怕几百字的散文，当时心里惶惑，不知道我此生能不能在《散文》发表散文，千万不要不明不白地写下去，到最后却白写了。因为有这个心结，使觉得老李是奇人，也许在悄悄写散文，说不定哪天会在《散文》发表一大组或一个长散文，还不把人吓死。我怀着复杂的心理悄悄在出版社打听了一下，众人皆表情不自然，说没见过老李写东西，更谈不上发表，我才松了一口气。

不久，我终于在《散文》上发了一组散文，我从收发室取到两本样刊回办公室时，在走廊里碰到老李，他看到我手中的《散文》，突然很生气地训我，说，你怎么能随便拿别人的东西，在咱们出版社只有一份《散文》，那是我订的，你怎么能随便拿？我赶紧给他解释一番，他从我手中夺过那两本《散文》，见目录上有我的名字，但仍不放心，又检查了寄那两本刊物的牛皮纸信封，才打消了疑虑，随之又喃喃地说，我订的11期怎么还没有到呢？真慢！说着便走了。我望着他的背影，心想他真是一个古怪的人，闹误会了连句道歉的话也不说，不过看在都是喜欢《散文》的人的份上，我并未责怪他。

后来，我也订了《散文》，为打消老李的顾虑，我让收发室的老田告诉老李，单位每期会来两本《散文》，一本是他的，一本是我的，免得他担心订的《散文》会被我拿走。那一年第1期到了后，我凑巧与他一起去收发室取《散文》，他看见有两本《散文》，脸上浮出一丝诧异，却没

> 听他说那话时，我还没有在《散文》发表一篇哪怕几百字的散文，当时心里惶惑，不知道我此生能不能在《散文》发表散文，千万不要不明不白地写下去，到最后却白写了。

说什么，拿起那两本《散文》翻了翻，放下一本，拿着另一本走了。我拿着另一本路过他办公室门口时，他喊住我说，你发表的那个散文我看了，六千多字太长，如果压到五千字左右，去掉里面啰唆的叙述

王族

和多余细节，就利索多了。我一惊，老李是一个不动声色的读书人，我自己对那篇东西都未数过字数，他却数出有六千多字，而且一针见血指出了里面的赘语和多余细节，这比我苦思冥想许久都管用，一下子让我茅塞顿开，知道行文节制是一种美德。

之后与老李慢慢熟悉了，与他聊起《散文》，才知道他订阅《散文》已有二十余年，每期到了后从头至尾一一看下去，一篇也不落下。我问他读《散文》这么多年，《散文》上面发表的哪些散文最好。他说，哪些散文最好我不好说，我认为好的别人不一定认为好呢，但有些散文留下的印象很深。他一一悉数印象深的某一期中的某一篇，我十分惊讶他居然那般记忆深刻，因为有的篇目是十余年前发表的，他却如若刚看过放下似的。

一次，与老李聊天，我说《散文》是天津的百花文艺出版社办的，他点头表示知道。后来我又说天津有一个很厉害的散文家孙犁，散文写得非常老道，看他的散文，让人觉得没有一个多余的字。但出乎我意料的是，老李却摇头，脸上没有任何表情。耽于老李始终不动声色，我拿不准他是不知道孙犁，还是出于对孙犁的尊重，不轻易谈论孙犁。

后来与老李说起他看《散文》的感受，老李说他就是普通读者，只与刊物中的文章有关系，其他都无关。我认为他所说有道理，遂点头称是。他又说他看了我几次发在《散文》上的东西，并一一说出了文章的名字，但他并不说我那些文章的好坏，我不好问他，便说我的散文写得不好，往外投稿时心里挺忐忑的呢！他说，你们写文章的人和我们这些普通读者不一样，你们看书是为了写东西，有一定的功利心在里面，我们普通读者看书只是为了看书，在这一点上你们这些作家不如我们普通读者享福。如果你们写散文的人能够轻轻松松看书，一定能写出孙犁那样的散文。我一惊，老李至此才露出了底，他不但知道孙犁，而且了解孙犁的散文追求和风格，老李真是奇人。那天我们没有多聊，他那番话虽然言之朴素，却让我震撼，作家读书，不知从何时起，真的如老李所言只是为了写作，不知不觉已丧失阅读的轻松快乐。

老李退休后，我再也没有见到他，亦无他退休后的消息，但我想他一定还在订阅《散文》。《散文》陪伴他数十年，已成为他生活的一部分，他离不了《散文》。这些年，我每在《散文》发表一次散文，便总是想起老李。《散文》是一家老牌刊物，除了像我这样的写作者关注和订阅外，还有一大部分像老李这样的读者，他们只因阅读所需而关注一本刊物，除此之外别无他求。阅读，于他们而言是轻的，但也是幸福的。相比之下，一本刊物拥有的读者中，普通读者所占比例要大得多，而作家只是一小部分。

老李便是一例。

王族，现居乌鲁木齐。出版有《藏北的事情》《兽部落》《逆美人》等。

《散文》2000 年第 12 期

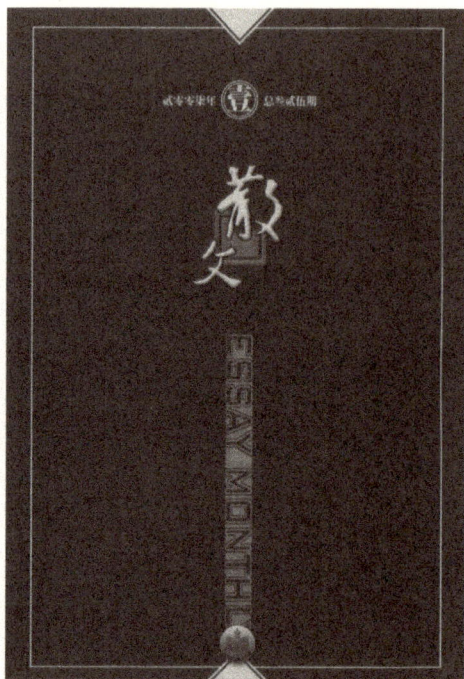

《散文》2007 年第 1 期

我与《散文》十五年

□学群

算一算，与《散文》的交往将近十五年。十五年不是一个小数字。把它加在一个孩子身上，孩子变成成人。加在中年身上，中年成了老年。加到老年那里，许多人就将从这个世界里消失了。

与《散文》交往的这十五年，大概是我一生中最重要的十五年。那时候，在一座楼房的一间屋子里，我有了一张桌子、一把椅子。我要做的就是，在闹钟响过之后起床，把自己装进一套西装，装进一双四十码的鞋。然后呢，往西装里填进一只馒头一根油条一个鸡蛋一杯牛奶或豆浆。

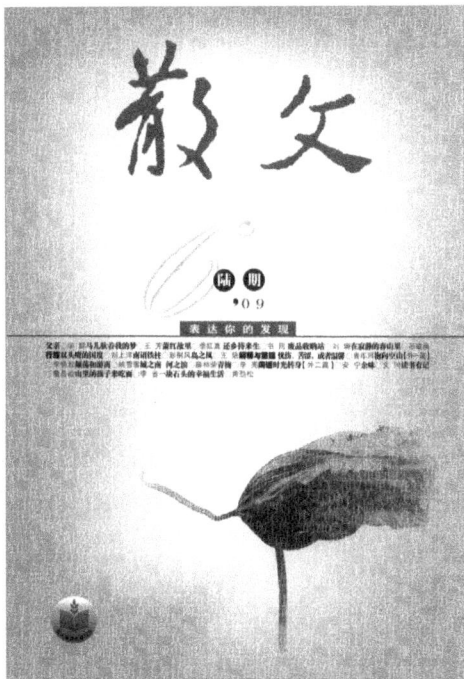

《散文》2009 年第 6 期

《散文》2011 年第 3 期

> 从最初发表文章至
> 今，《散文》见证、
> 陪伴、养护了我十五
> 年的精神史。

用这些东西把自己填满之后，两只鞋就会把你载往那座楼房。在那里，你只要往那张椅子上一坐，好些东西就会自动朝你走来。日子就这样一天天重复。当然还有星期天，可以聚会，可以打牌，甚至还可以郊游。可这些也只是循环的一部分。慢慢地就觉得，一个人光有这些还不够，还得做点别的。就想起，有人去往深山的某处洞穴，在那里面壁，有人割断尘缘，抛家弃子，投身宗教。有人去荒原大野，去沙漠，挥洒生命，在所不辞。就觉得，一个人不能只是打理自己的身子，身子里面还住着一个自己，同样需要打理。

于是就有了一次又一次的远足。往西部去，往其他地方去，往荒无人烟的地方去。

仿佛越是偏远越是艰难，便越能找到什么。确实，视听上的冲撞，往往也伴随着心灵的触动。回来也会写点什么。直到有一天，一篇关于草原的文字刊登在《散文》上。

从一定意义上说，一个人，只要你试图前往某个地方，你都是孤独的行者。你的周围总有那么一些人，你只能在地狱一般的海拔上同他们相会。有许多人，熟人、朋友、同事，同过窗的、扛过枪的、共过床的，他们打着各种各样的牌子，只是要把你牵往他们所希望的地方。即便是亲人，相同的血脉也不一定流往相同的地方。一个人走在都市，走在人群中，或许与孤独地行走在大漠荒岭中的托钵僧无异。他需要有所向往有所皈依，需要一座寺院在途中供他息脚，需要一盆火让他烤干衣服，需要一张眠床帮他做梦，需要一份给养助他前

行，还需要在他走过之后，证明他曾经来过。

《散文》正是这样一个所在。

在这样一个物质的时代里，许多寺院不再是寺院，一些僧人开着奔驰山上山下乱奔。《散文》编辑部诸君，坚持有所秉持，有所不为。它开在山的高处，有些像寺院，却不需要朝拜。香火好像不是特别旺，来的也就多是同道。它有些像驿站，好像又比驿站多了点什么。驿站不会设在这么高的山上，会尽量选一个热闹点的地方。它是什么呢？它就是《散文》。孙犁的《散文》，汪惠仁、鲍伯霞还有张森他们的《散文》。

从最初发表文章至今，《散文》见证、陪伴、养护了我十五年的精神史。

学群，供职于金融机构。著有《生命的海拔》《两栖人生》《野地里闲逛的人》等。

我与《散文》

□闫文盛

这是我第一次以正式的文字谈论与《散文》的渊源。时在 2015 年春。

这是我与《散文》结缘的第十三个年头。

之所以记得这么准确，是因为我从《散文》起步的 2003 年，也正是我大规模开始发表文学作品的第一年。在此前的六七年中，虽偶有习作变成铅字，但终归是年少懵懂时的为赋新词强说愁，其价值完全可忽略不计。

2003 年冬，我第一次在《散文》发表一组文章《城市笔记》。责任编辑应是鲍伯霞老师。事情的缘由，我如何投稿，通过什么渠道等等，我已完全没有记忆。但我至今仍然可以明白无误地记起，以《散文》之标高，我初登此刊，似乎并无阻碍。这是我渐疏离诗歌，选择以散文为创作志

业的第二个年头。

此后，我也有过自以为是的将疏离散文，而渐以小说为平生志业的时刻，但终归只是这么思想，至少到目前为止，尚未付诸实践。其间虽有多种原因，但我与散文的天然亲缘仍是主导性因素。我对散文的难以舍弃、不能舍弃，并未随着文学界诸多友人、长辈对我的劝导而稍有改观，事情正相悖反，如今，我以散文为重，且不仅限于此时此刻，而是准备延长十年战线，将我目下已进行近三年的系列散文《主观书》持续写下去。

《主观书》的写作于我，并非猝然而起的一个念头，但我此前决然不会想到，我将在这条道路上走得如此漫长而遥远。它或将贯穿我生命的盛年。

如今想来，《主观书》与《散文》，

闫文盛

其实密不可分。

　　我自 2003 年而后，整整两年，并未有一字刊于《散文》，因此我至今也难以说清，这本杂志于我到底有多近，抑或有多远。以我之心性，从未觉得一刊一文可以有多么亲厚，也难说彼时，我对于这本一再拒绝我的杂志，会怀有多么浓烈的感情……事情的改观是在 2006 年。应该说，正是从这一年起，我与《散文》之缘，才再度续上，且至今十年，并无断弃。

　　2006 年 6 月，经汪惠仁先生之手，我的《光线》组章以头题形式在《散文》刊发。

　　但仍然不能说，我们之间的渊源有多么深入妥帖。

　　但我深知，此种"不那么深入妥帖"，方才显出最真实的自然。

　　后来我自己也编辑进而主持过一段时期杂志，渐已洞悉其中奥妙。身为编辑与身为作家，立场并不尽相同，但彼此双方，却又须臾不可分，除非是那种自诩涂鸦且准备终身隐匿的作家。我并无这样的打算，所以对一本或可与自己建立深切渊源的杂志，对于编辑，自然有过某种隐形的期待。这种难以启齿的心理或许就包括了编辑对自己无条件的纵容。时过多年，我在许多向我投稿的作者身上，也看到了这种难以启齿的心理。

　　但这种心理，在很多时候并不可能得到回应。

　　我很难说，后来的《散文》编辑者是否对我略有过纵容的时刻。

　　在 2013 年年末，赖当时所在单位的鼎力支持，我的一次小型作品研讨会得以举行。这一次，我生平第一回见到了刊发我作品多年的汪惠仁先生。从机场接机后行到旅馆的路上，我略觉忐忑地提出了自己的疑惑。当时，《主观书》前期的部分作品也已在《散文》发表，但因这批作品，我开始面临一些批评，所以对自己的这新一番尝试，我并无十足的信心。

针对我之疑惑，汪先生的答复简略如下：对一个已经从事多年写作的作家，我们还是可以容忍他的探索。大意如此。

或可说，我恰是从这里获得了莫大的动力。

《主观书》自然于我的意义非凡。它在为我打开另一扇写作之门的同时，同样毫不留情地将我的其他可能性暂时性地关闭了。写下此一系列的第一篇至今，我几乎再未写过任何一篇迥异于《主观书》的散文，且再未动念去写一篇小说。差不多用了近千日时间，我完成了此一系列的一百七十余篇，计十七万字。

相对于此前倚马千言的写作，《主观书》写得呕心沥血，尽管如此，我还是会感到其中未及完成的表述太多。那纷纭万象的主观世界，我实实是无法穷尽。但若说我有写作上的野心，我承认到了这个时候，它却是毫无意外地产生了，且有膨胀之势。

由于坚持日久，《主观书》略有人注意到了，而我遭遇到的批评更多。各种语重心长的断语都有，我偶而会不堪其重。但这都不是根本。

很多时候，我对于自己写作所制成的自闭和敞开的两面难以驾驭，它们大半会随着惯性滑行。我意识到《主观书》的批评者确然有理。

晚近以来，我与身为《散文》编辑的

《散文》2003 年第 11 期

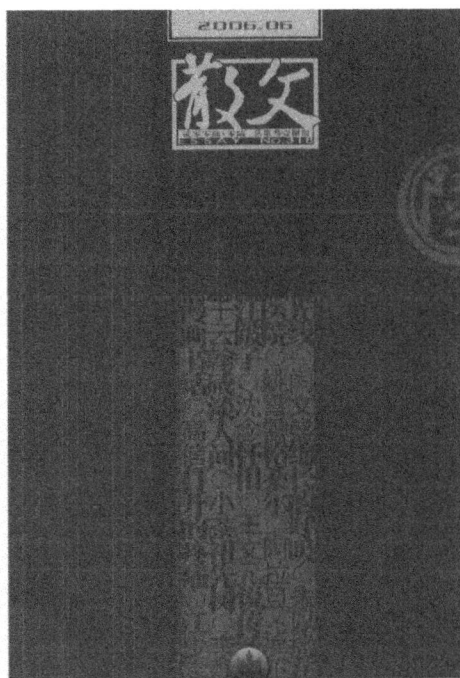

《散文》2006 年第 6 期

张森兄（我后来的很多作品，多为张森兄责编）多有交流。我很受惠于他的勉励。

《主观书》至今在《散文》杂志刊发了六七次，约占此一系列十之二三的篇幅。前谓二者密不可分，自然是因为此种探索或异于目下的散文创作，而《散文》可以反复接纳，我对此不免既感激又存疑。但越如此，我越忐忑。《主观书》尽管体系完整，却是良莠不齐，固非整体精品，那么，我所能做到的，即是但凡寄此刊的部分，尽可能地是精品。

一句话，我必得尽我所能。

十余年过去，除了与汪惠仁先生唯一的一次会面，与其余诸位，包括鲍伯霞老师，包括张森兄，包括去年为我的散文集《你往哪里去》忙碌数月的田静，一直难有相

> 我或许不能说一本杂志即为编辑者的全部，因为他们自然亦可有自己的声色。但事实上，却又大半如此。在敬业的编辑这里，职业本身，当具备神性。

见机缘。至今引为憾事。

我编辑杂志时，曾想过，对一本杂志而言，它的存在，应大过任何一位作家。

我写作《主观书》时，又想过，对一个有抱负的作家而言，他应该大过任何一本杂志。

这是我山大王般的执拗理想。

但《散文》和无数优秀刊物的编辑者们大约从未这样想过，所以，他们手中的杂志并不自大而漂浮，从而可以稳固、坚定而日常地站立在地面上，那些背后潜涌的暗流，既是我们目光所看不到的部分，又是他们逝水流年的整体性注释。我或许不能说一本杂志即为编辑者的全部，因为他们自然亦可有自己的声色。但事实上，却又大半如此。在敬业的编辑这里，职业本身，当具备神性。

所以，我尊重他们。我们之间，既是君子之交，但在我本身，又常怀忐忑。

原因概在于，相对于自己的些微付出，我的所获更多。

《散文》与我之渊源，尤在于此。

祝福《散文》与它的编辑者们。

闫文盛，山西文学院专业作家。出版有《你往哪里去》《失踪者的旅行》《在危崖上》《天脊上的祖先》等。

文字落在哪里，
就像花开在哪里

□尹学芸

几天前，部队一位作家发来短信，打听《散文》某个编辑的电话号码，我回复了不知道。我确实不知道。虽然我发表文章的时候她署了责任编辑，但我确实没要过她的电话，也没跟她通过电话。

这应该是我与编辑的一种状态，一种纯粹的编辑与作者之间的状态。

曾经有朋友问我，小说发得不好的时候你着急么？我说我不着急。发得不好我不写小说，写散文。除了报纸副刊，《散文》差不多是唯一我主动投稿的期刊。这能看出这本薄薄的刊物在我心目中的分量。主动投稿，但也从不问行踪。稿子你看着成就发，不成就作罢。值得欣慰的是，这些年投的稿子，几乎件件都有着落。去年，还有上海的作者问我与《散文》的编辑哪个熟，我羞愧地告诉他，我一个也不熟。

> 我不善于把这样的话挂在嘴边，我觉得，有些事情放在心里就行了。我想做的是，文字落在哪里，就像花开在哪里。悦目或者赏心，芬芳也成。

我甚至不怎么留意编辑的名字。我经常这样想，一篇稿子从自然来稿到编发到与读者见面，会是一个编辑么？肯定不是。超出一个让我记住都困难，所以我索性不记。

就是在这样的不经意间，我陪《散文》，抑或《散文》陪我走过了许多年。它经历了些什么我不知道，但它陪我走过了人生的低谷，那些我陌生的人，把我的文字推荐给读者，也从而使我获得了坚持的信心。

人生就是坚持，你的坚持如果不孤独，你就是幸运的人。

今年《散文》的第2期发表了我的《父亲母亲》。深夜一位西安的朋友通过注册微博找到了我，心情激动地诉说。他激动，我却很平静。其实我也想像他一样激动，这样最起码对他是个安慰。可惜我激动不起来，经过了太多岁月的打磨，激动越来越成为一种奢望。

不论写创作谈，还是记叙这样的文字，我都很少写感谢之类的话。我不善于把这样的话挂在嘴边，我觉得，有些事情放在心里就行了。我想做的是，文字落在哪里，就像花开在哪里。悦目或者赏心，芬芳也成。

■----------------------------

尹学芸，天津文学院签约作家。作品散见于《散文》《青年文学》《天涯》等报刊。

《散文》2015年第2期

我与《散文》

□张宗子

凡事起步最难，写作尤其如此。人要做成任何事，天赋不足恃，自己下定决心也不够。无论如何，必须有一些好运气：遇到机会，遇到好人。人在年轻的时候，看似豪气干云，其实那自信并没有坚实基础。一切设想，未经现实冶炼，谁知它能否幸存下来。很多人一遇挫折，便毅然转向。对错不论，成败也不论，他未来的发展，从此完全不同。美国诗人罗伯特·弗洛斯特的名诗，说林中有两条路，我们只能走一条，到底哪一条是对的，永远不能知道。他说的是个人的选择，是在没有外在影响下的个人选择。实际上，这是不可能的。我们的主见，是各种外在因缘的集合。选择某一条路，或许只是因为，这条路上的草更绿更柔，这条路的远处，隐约可见一朵花的开放。这些都体现了一种善意。

我遇到的好运气，便是《散文》月刊。

开始写散文的时候，我人在纽约。白天念书，夜晚上班。对于国内文学界完全陌生。为本地的华文报纸写了一些文字后，便希望更上一个台阶，在国内的文学杂志上发表作品。我找到一些熟悉的杂志，查出地址，把打印好的文章逐家投寄过去。那时没有网络，邮件往来，耗时很长。邮局要排长队，邮费也不便宜。我精挑细拣，既要杂志好，又觉得他们可能看中我的文字。几年里头，寄出几十份，包括十数种报刊，只有《散文》月刊和海南的《天涯》给了回音。《天涯》发了一次文章，再投即不中。《散文》则一而再、再而三地选发。有了这一鼓励，写作热情不灭，而《散文》也成为我在国内发表作品的阵地。在那时，差不多是唯一的阵地。

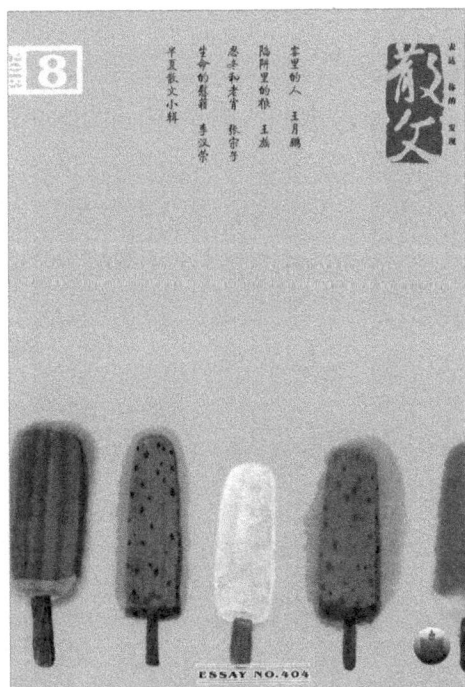

《散文》2013 年第 8 期　　　　　　《散文》2014 年第 12 期

我在报社工作了十多年，副刊编辑休假的时候，由我代班。因此对于选稿和编辑副刊，略有体会。这是一个相当繁重而且枯燥的工作，绝大多数的来稿是无法采用的，阅读也谈不上愉快的经验。在浩如烟海的来稿中挑选优秀之作，不仅需要眼力，更需要认真、耐心和公正之心。这四点，每一点都很重要，后面三点比眼力好还更难得。

九十年代初我写散文，自觉和当时大家看惯的文章有些不同。其一是题材，都是比较琐碎和随意的个人观察和感想。其次是写法，比较松散，缺乏起承转合、曲终奏雅那一套，也就是说，不太像很标准的散文。不止一位认真的编辑在退稿信中好心告诉我，你不能写这些很小的题材，

> **如果说，《散文》刊发我的文章使得我最初的文学梦得以做下去，那么，它接受我的写作风格，并始终认可和鼓励，我对此要更加感激。**

你不能像写日记和私信那样信笔就来，要写大散文，要有结构和章法。但我觉得，写文章，首在真诚，自己心里怎么想，就

怎么写。过中秋或吃豆腐的时候我确实没有怀念祖国，尽管我爱自己的国家，如此，你让我如何满篇"游子心"、"赤子情"？同样，技法也是跟着内容走的，我觉得某种表达最合心意，当然只能这么表达。不能为文而文。

在那时，《散文》的编辑们给了我极大的宽容，他们不用某一套时行的"标准"来要求我，只看文章是否好。如果说，《散文》刊发我的文章使得我最初的文学梦得以做下去，那么，它接受我的写作风格，并始终认可和鼓励，我对此要更加感激。一个人不知不觉中被时代混同，消失了个性，那应该是很可惜的事情吧。幸亏我没有。

给《散文》月刊写稿，忽忽已二十多年，我的第一本书，也是它所在的百花文艺出版社出的。我希望《散文》杂志和百花出版社越办越好，遗憾的是，这些年能贡献给他们的好文字太少了。

张宗子，旅美作家。出版有《书时光》《空杯》《垂钓于时间之河》《花屿小记》等。

纯粹的，本真的

□赵钧海

对于《散文》，我一直心存敬畏。它给我的印象，永远是一种清丽，一种醇美，一种恬淡。纯粹，高端，独秀，本真。1979年，我在准噶尔荒野油田一个基层单位搞宣传，业余写小说，我自费订阅了二十多种杂志，如《人民文学》《世界文学》《十月》《当代》《作品》《春风》《上海文学》等等，都是综合类文学期刊，唯独把《散文》这个单项纳入其中，因为喜爱。当亲眼看到《散文》创刊号（1980年第1期）出来，那兴奋更是溢于言表。如今我依然记得那期杂志，封面乳白色，有淡青的梅花衬底，"散文"两个黑字赫然醒目而凸显。那期头题是丁宁的《雀儿飞来》，还有茅盾、秦牧、韩少华、玛拉沁夫的作品，印象最深的是孙犁的《乡里旧闻》，有《村长》《凤池叔》《干巴》，几十年过去，人物还活灵活现在眼前飘忽着，云游不散，还有那简约、淡定和老辣的叙述，在不动声色中让我感到了骨植般的深刻。我终于知道了，什么是好散文。看完后，就再也离不开它。常常会跑到邮电所问老杜，《散文》来了吗？老杜说，要到月底！遂心情焦渴地处在一种企盼中。这企盼是幸福的。当年，为了那些文学杂志，我曾受到过顶头上司的挖苦，说你幸亏没成家，不然老婆孩子都养不起！说起来也是，那年我月工资只有五十八元，却用两个月工资订阅了那些文学杂志。结婚后，我不得不大幅削减，但砍来砍去，还是留下了《散文》，舍不得。我知道，《散文》里蕴含着皎好，蛰伏着清旷，凝聚着睿智。

后来，我身边一位叫郝贵平的朋友，有一篇散文《四十岁舞步》在《散文》上发表了，我惊讶又羡慕，在羡慕的同时，

> 它是一份真正的杂志，它不会因你是名家而巴结，也不会因你默默无闻而冷眼相看。实际上，《散文》一直就履行和奉行着这样一种诺言和准则，无论名头多大，它只认作品。

《散文》一直就履行和奉行着这样一种诺言和准则，无论名头多大，它只认作品。

那时由于忙着写小说，总也没机会亲近散文。再后来，由于种种原因，我搁笔了，一搁就是十多年。直到 2007 年，我又重新提起笔。而当我翻开这时的《散文》，才发现如今的《散文》竟是如此美貌，又是如此撩人，我终于再度被它的光鲜吸引，再次被它的隽永覆盖。2009 年，我试探着给《散文》投出了第一篇文章《陪母亲逛街》，然而很快就发表了，接着就被《散文选刊》《中外书摘》《特别文摘》《文学故事报》《老年世界》等二十多种报刊转载，又入选了多部散文年选、精选。这是我所始料不及的。我知道，《散文》我没有一个熟人，也不知门朝哪儿开，但它却实实在在地接纳了我，那样宽厚，那样

也知道了《散文》的亲切与大度。它是一份真正的杂志，它不会因你是名家而巴结，也不会因你默默无闻而冷眼相看。实际上，

赵钧海

仁慈。以后连续五年，我又有《一九五九年的一些绚丽》《隐现的疤痕》《青春》《幽灵一样的爱情》等陆续在《散文》发出，且有两篇入选了《散文2009精选集》《散文2013精选集》，那是一本在众多书籍中，一眼就能看出品质和档次的精美书籍。我为自己成了《散文》的作者自豪和骄傲。那种自豪当然是暗中的，沾沾自喜的，不知天高地厚的。《散文》还是那个悬挂在高处的明灯吗？回答是肯定的。主编汪惠仁，编辑鲍伯霞、张森、田静，美编郭亚红，他们的名字，如《散文》一样，让我心存敬畏。

这些年，在《散文》博大的文库里，我读到了温婉、含蓄和灵动，也读到了思想、灵魂和真谛。读它，就成了习惯，成了抹不去的情结。我知道，它的文章可以让我净化，可以让我安宁，也可以让我慰藉。只要出差，我会首选几本《散文》，它薄薄的六十四页纸，放在背包里轻盈又方便，百读不厌，尤其在转机的候机大厅里，总会有三五个小时时间，我就聚精会神地在嘈杂和纷乱声中，一页一页地品读。有时，忽然会产生一个奇怪的念头，如果航班延误了，我就能放纵地读了，装出一副十分优雅的样子。

■－－－－－－－－－－－－－－－

赵钧海，现居克拉玛依。出版有《发现翼龙》《在路上，低语》《准噶尔之书》等。

《散文》的天津味道

□赵瑜

常常想，《散文》这册薄薄的精神月刊，如果放在北京来办，会是什么味道呢？想来不会像现在这样安静，北京的滋味，多少都沾染一些人民大会堂的背景音乐，以及新闻联播腔调。当然，说不定，还会夹杂着一股出租车司机的贫嘴。

在天津办一本《散文》，这事情总觉得有些怀才不遇。想来，这事也和当年沈从文在天津办《大公报》副刊有关系。《散文》杂志上刊发的一些文章的气质，相比较当下主流的散文价值或抒情浓度，总是少那么一些浓妆，《散文》是清淡的，自然的，甚至是雅致的。

以前，很早些时候，我不识汪惠仁，总觉得这本刊物的主编应该是一位老者，繁华落尽了的感觉。那卷首似枯笔蘸水写字，意犹未尽里还有股看透的沉着。

意料之外的是，汪惠仁兄竟然青春有加。那么，懂了，是《散文》这个刊物产生时的性格造就了它，而现在的编者们让这本刊物更加沉静，更加有烙印感。

在文学写作者的圈里，《散文》的审美一直清晰而标致。它容纳精神的一切，喜悦也好伤怀也罢，在《散文》里都能看到。几乎，《散文》不负责煽情，更不提供正确的标准，《散文》的文本，多是活着的样态，或思考，或与生活不妥协，或行走，或听读写。这些内容，或多或少，都有公共的审美在里面，又有独特的生活经验供人体味。《散文》的个体与细小，让它与宏大的散文野心划了界限。

我喜欢《散文》的独立审美。薄薄的

赵瑜

一册，意味着，它没有足够的容量盛放世界所有的悲悯，它只能接受适合它们的文章。那么，写散文以来，我写过很多种应景的文字，比如春节时回忆吃饺子。这种大众化的情感表达，发表在报纸的副刊上会让大家觉得温馨，而《散文》则是拒绝这些的。《散文》喜欢脱离公众表达的一些体验。这些年来，《散文》发表过许多优秀的作品，每一个都指向个体的内心生活。既是这个时代的，又是个体的，那才会有书写的价值，才有和大家分享的可能。

有很长一段时间，我也编辑散文，约稿时会对别人说，请不要给我投寄写父母亲的稿件，不要给我投阅读随想，不要给我投旅行见闻，也不要给我投你们笔下的乡村农具和庄稼。说完以后，下面的人都

> 我喜欢《散文》的范儿，多年前从封面上题字开始喜欢起，一直到现在，喜欢起办这个杂志的人，以及容纳这个杂志的城市。

笑了，反问，散文不就是写这些东西吗？是的，散文是写这些，但是要将自己的灵魂放进文字里，要被生活里的某些细节硌得痛了才去写，而不是为了写某个方面的文章空抒情。

而这些要求，恰好，也都是《散文》杂志的要求。疼痛感是指写作者与生活的关系，所要写的生活片断，有让我们的身体和灵魂都有痛感的内容，必须要写出来，如果不写出来这些片断，我们就是病人，写出才能治愈。那么，这样的文字，必然是好的，是《散文》的。

作为文学期刊的《散文》，一定是有地域属性的，比如，它性格里应该有所在城市的某些特点。天津于我，是一个陌生的所在。只能猜测，这个距离北京最近的城市，冷眼旁观北京的拥挤，用近乎隐士的心态，将北京大街上的烤鸭味道从文章里删节，只剩下北京至天津的火车快速奔跑的声音。

从事编辑以来，对发表的事情看得渐淡。唯有几本喜欢的刊物，仍有羞涩感。每一次想给《散文》投稿，总觉得自己太幼稚了。这不是谦虚，而是认同。

我喜欢《散文》的范儿，多年前从封面上题字开始喜欢起，一直到现在，喜欢起办这个杂志的人，以及容纳这个杂志的城市。

■ — — — — — — — — — — — — — — — —

赵瑜，河南省文学院专业作家，《天涯》杂志编辑。出版《小闲事》《小忧伤》《六十七个词》等。

后记：多余的笑话

□张森

被排在这本开头的毕亮兄，我觉得是有福的，这并非是说姓氏音序赐福于他，况且，随喜帮助我们做了这本书未见得就有多大的快乐。十有七八，这个小册子及其上的文章，年末的时候也不能拿来凑算自己的创作指标。我今年三十五岁了，《散文》比我大两个月，也是三十五岁，像毕亮兄这样记挂着《散文》，专门写就了文字来为这本杂志庆祝的朋友们，谢谢大家。

说毕亮兄有福，是因为毕亮兄听过我讲笑话。《散文》的土产之一，据说是张森的笑话，又据说有恰好为本书压轴的赵瑜兄所说的"天津style"，遇到极其投契的作者朋友来编辑部做客，汪惠仁老师一般会让贵客带一些笑话走，临行密密叮嘱一下：你来晚了，马三立你见不着了，凑合着看看张森吧。

《散文》2008 年第 12 期

毕亮兄还"切"了汪老师一幅字，而且是和同行的两位女作家一人一幅，要说这么多年了，汪老师的字，我还一幅也没有呢。

与毕亮老师同行的两位女作家，是毕亮老师在鲁院学习时的同学，皆一世之美人。

以上是毕亮老师唯一一次光临编辑部时的所作所为。

如果是领导视察，当然不能讲笑话；如果大驾光临的朋友特别严肃，过分担心中国文学的命运，也不便讲笑话；而事实上，笑话在我看来，是自己在编辑部的内部读物，或者是交给老师和同仁的学习心得。走出编辑部就没有笑话可讲，已经好多年了。

周星驰在他的电影作品有一个经年老梗，谓某某破败潦倒而幼时却为街坊谬赞，略具有出息之假象，其父母必望子成为律师医生云云。此梗一出，则鲁迅先生"从前阔多了"为之所活画出矣。

我的父母正是这样，律师医生固然比较美观一些，但若有朝一日终须对美观绝望，退而求其次，他们大约觉得能指着电视机告诉邻居和同事："主持人……旁边这个难看的就是我儿子"也是可以接受的，若是在律师和出没银屏的职业之间取个交集，早早地订一份《演讲与口才》就十分必要，然后……试试去学说相声吧。

大概在快要到二十岁的时候，我暗暗立志不再说相声和讲笑话。一年之后，我大学毕业，离开实习和打工的电视台，到《散文》编辑部工作，现在是第十五年了。

在《散文》编辑部的这十几年里，有"冥

冥中……"之感的首先是诸同仁的出生年月，汪惠仁老师和我算是恰好，1970 和 1980，鲍伯霞老师是比 1960 稍早的 1958，之前的刘雁主编和现为《散文海外版》执行主编的刘洁老师分别是比 1970 稍早的 1968 和 1969，新到编辑部的田静女兄是比 1990 稍早的 1989。按照十年一个年代的惯常眼光看，编辑部无一不诞生在年代之交，女同仁们觉得自己被分在了自己所在的"几〇后"里有点未老先衰的冤屈，汪老师和我又多少觉得自己应该是"N-1"的"〇后"。非要归纳的话，这种情绪是有的：这个时代啊，不是你们的，也不是我们的，时代，归根结底，是他们的嘛。

大家都跨在时代之交，可能就共同地感觉到世俗按时代划分心态的尴尬，两边都看得见摸得到，也都尽力地去理解，体现在工作上，就是编辑十年一代人，而每个编辑熟悉的作者朋友的年龄、体现时间特征的写作习惯，都跨越了二十年。据说《散文》被认为具有很强的时间包容性，我想，编辑同仁的出生年头可能也是与此有关的。

关于出生年月的另一个巧合是，女同仁们的生日无一不是在 11 月下旬到 12 月中旬的区间里，是所谓射手座的区间，就连和编辑部同在出版社的好友，曾为杂志做过数次特约编辑的赵芳老师，也在这个区间。此区间是编辑部的生日季，一度生日饭吃得嘈嘈切切，一度又错后提前地研讨集中庆祝的可能。据说射手座多少有点急性子，在女同仁们身上看不出来，而且相反，是沉静和慢的，还稍稍有些松弛。这是对我有极大教益的一点。这种慢和静，是切磋和琢磨，是浸润和淬火，它们不可言传只能身教，它们无法顿悟只能修持。这种氛围也使我渐趋安静下来，看到慢慢浮现出来的自己的唐突和过错。万物静观皆自得，十几年了，似乎没有得到什么，过失也是每每一而再再而三，但是终于知道自己还会犯下许多的过错，也终须为之逐一做出反省。退而求诸己，求诸己，有向自己伸手的意思，也有"求全责备"里的省察指摘自己的意思。以前的主编贾宝泉老师说，散文也好，《散文》也罢，总是修心之旅，工作的前十年茫茫然觉得这话恍兮惚兮无处着落，是这几年，依旧在这种氛围中，才约略知道其间似有类乎禅定的一种华妙。

有个笑话，说某女子适聘某家，知夫婿长自己十岁，女父大怒：方今即长吾女十岁，十年后便长二十岁，二十年后便长四十岁，然则吾女不嫁一老翁与！女母乃劝解：汝昏聩益甚矣，方今只长十岁，五年后便不只长五岁，十年后岂不同岁矣！

这是个和汪惠仁老师有关的笑话。十五年前初进编辑部的时候，看到汪老师改稿子，先是把稿件上的书钉取掉，拿走上面数页，又拿走下面数页，俄顷拈毛笔蘸红墨水涂抹，大惊骇。再读朱红墨迹之间留下的字句，又觉得精妙少有，然心中依旧惊魂甫定。慢慢又发现，这一类经汪老师手大作删削的文章，被转载的几率相当之高，作者绝大多数也是相当认同。在最近几年汪老师完全适应了无纸化办公之前，我一直尽量争取在他对作品进行编辑删改时强力围观。

没学会。

之所以讲上面那个笑话，其实和汪老师倒没什么关系，是和我有关。大约十年前，汪老师是我现在的年纪，我比他小十岁，看他朱笔在稿子上画大杠子，觉得再有十年，应该自己就能像他这样，把五千字改成八百字的妙文了。

现在觉得再有二十年可能差不多吧。

编辑部闲暇时的重要谈资是菜谱和烹饪，汪惠仁老师是做菜高手，食材好得不得了，卖相好得不得了，有的朋友在他微信的朋友圈可以看到，写字力透纸背，做菜味道把 Samsung 随便 call 的高端屏幕都香裂了。但印象里没有吃到过，当年汪老师刚搬家的时候在他家住过一夜，抽他的烟喝他的茶，听了一句一生不忘的好话，但没吃到剩菜，师母出差了。

田静女兄做的菜式，总是自己怎么吃也吃不完，给我吃又不够吃的样子。

鲍老师的爱人马先生也是烹饪高手。知道我不喜欢胶印而喜欢铅印的书，前些天鲍老师把家里的上下两册的《东周列国志》送给了我，翻开封面，有"马某某某年某月购于宁"极秀丽的钢笔字迹。高手，高手。

像我所崇敬的瞿秋白先生《多余的话》那样写的话，我要说："除了鱼虾，马先生的菜非常好吃，编辑部第一。"

《散文》三十五年了，前前后后，想起了很多温暖的事。

张森，《散文》编辑。